明月陪

李海洲 著

重慶出版集團 重慶出版社

图书在版编目（CIP）数据

明月陪 / 李海洲著. -- 重庆：重庆出版社，2024.
12. -- ISBN 978-7-229-19146-7
Ⅰ. I227
中国国家版本馆CIP数据核字第2024Z7R764号

明月陪
MINGYUE PEI

李海洲 著

责任编辑：吴向阳 陈 婷
责任校对：刘小燕
装帧设计：李 容
封面油画：王 昶

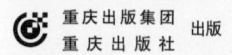

重庆出版集团
重庆出版社 出版

重庆市南岸区南滨路162号1幢 邮政编码:400061 http://www.cqph.com
重庆博优印务有限公司印刷
重庆出版集团图书发行有限公司发行

开本：889mm×1194mm 1/32 印张：8 字数：160千
2024年12月第1版 2024年12月第1次印刷
ISBN 978-7-229-19146-7
定价：68.00元

如有印装质量问题，请向本集团图书发行有限公司调换：023-61520678

版权所有 侵权必究

目录 ×

自序

001 他在重庆写诗

卷壹

001

003 春风深埋

005 懒坝岁月

008 想象一场不世出的爱情

011 献给《海上钢琴师》

013 夏天的少年们走过冬天

015 骊歌或离歌

016 四弦十三寨

020 峨眉山访茶记

022 短歌行

023 江心岛别离诗

025 普塞刻之歌

027 题画家欧邹《马头》系列

029 十八梯情事

031 新年钟声里给宿醉的兄弟

033 南宋的崖山时刻

035 少时乡居生活图

卷贰 043

045 春风送出快递
046 你没到过重庆
049 石磨纪雨事
051 湖边的圆木房子
053 沉迷之夜
054 隐者出山
056 某个秋日的散步
058 伶人孟小冬的晚雪
060 观甘庭俭木刻寄鄢家发先生
062 想起一个媒体人想不起他的理想
064 大海只是醒着
066 燃灯上人
068 种梨花
070 成都三人下午茶
072 成都雨天的尚仲敏
074 在唯一纯粹的左边
076 冬至寄兄弟们的约酒函

卷叁 079

081 红橘遗枝记
084 仙女山梧桐大道上的雾
086 下浩街的最后时光
088 晚霞传信
090 明月村素描
092 孤城有寄
094 史书里的某个早春
096 起死回骸的赌局
098 睡莲科的克拉爱人
100 果园诗人在霜降时离开
102 过山城巷
103 病中明月下
105 夏天的风头梅
107 海子三十年祭
109 回望九十年代
112 以醉为纲：诗人李亚伟的乡村家宴

目录

卷肆 115

117 熊耳夫人的身体
125 杀青
126 远去的手风琴师
128 遗忘者之书
130 独酌雨事里
133 很多年前的夜晚
135 想象过日出
137 某个星期一的房间
139 一首情诗
141 重返观音桥
143 下盅人不在
145 山城雪事
147 列车下的老屋
149 洛克的西昌泸沽湖
151 初夏夜访摩梭人家
153 双桂堂下前世客
156 娶酒三叠

卷伍 161

163 有容
183 咖啡慢
200 秋天传：二十四歌

评论 213

215 **唐政 刘清泉** 一个纸上帝国的复活
228 **王辰龙** 怀旧者的诗歌理想与一个人的重庆

自序：
他在重庆写诗

+ 李海洲

　　从十六岁那个忧伤的夏天开始，他一直在重庆写诗。他记得那是 1990 年，夏天的窗台上，有葳蕤的法国梧桐和闪亮的泰戈尔，他记得临窗写完第一首诗后的紧张、战栗和不安：这就是诗？十六岁的少年迫切地想，那时候他刚囫囵过半部尼采，不知道抒情遇见批判该如何是好。他其实最不知道的是，从那个夏天到很多年后，他居然一直写诗，在重庆海枯石烂地写，孤傲、洁癖、自负地写，内心澎湃着伟大的汉语。只不过，汉语偶尔也会被生活的马群惊散。

　　这样诗意的开始，让他很难不喜欢夏天，因为柏桦说"夏天还很远";因为里尔克说"夏日曾经很盛大"。但他终于认为夏天太过激情、太过少年,只有释然的秋日,才会厚积薄发,盛满诗意和哲学瓜熟蒂落。所以他写完长诗《秋天传》后感叹:在诗歌里从夏天走到秋天,原来需要半生。所以多年后当他重拾罗素、胡塞尔、海德格尔时会泪如雨下,因为他惊慌地发现,从哲学到哲学,原来需要一生,而一生的兜兜转转,就是为了回到神示的零公里。

其实他终究还是那个被诗歌拯救的少年,世间万物,没有谁能替代文字馈赠给他的快感。只有独立思考、永动机般的阅读,才能让他保持灵魂的干净,才能让他和世俗一刀两断。但现实里他实在是有些忙,忙到天上的诗和人间的酒都顾不过来。工作的繁花和疲倦的甲方紧咬着他,他假装目空一切,貌似幽默地讲段子、指点满目疮痍的江湖,但内心却悬停着只有文字才能抚平的寂寞。在很多个宿醉醒来的早晨,或者灯火迷乱的夜晚,他会突然听见诗歌在铮铮作响,在隔窗隔夜呼唤他。

虽然性格上洒脱不羁,岁月后来终于把他变得宽容、敏感、严谨。他原谅了很多人写作上的卑微和背叛,毕竟他们曾经热爱或者假装热爱过。但他认为沉默是另一种反对。他有时候是悲哀的,他对很多现象不妥协,但世故人情却总让他勉为其难。他清楚,很多人完全不懂诗,但却道貌岸然地在版面和奖项上头破血流。他害怕自己变得和他们一样,没有道德、思想、方向,以膝盖换取银两。尽管不再偏激,但他内心依旧深藏鄙视和愤怒，尤其对那些耍小聪明的段子手、贫血的造句者、用性来伪装先锋的青年。他认为诗歌至高无上，权贵和物质，必须在诗歌面前跪下。

更多时候他是骄傲的。他深信倾其一生只为写出十行好诗的人才是真诗人，所以在重庆的天空下他总是写得很慢，写得很警惕。他讨厌和害怕重复自己，他认为任何文体的写作都应该对汉语有所贡献，否则写作即强暴。所以他说：在写作上，如果面对的是一条浑浊的河流，他必须洁身自好；如果面对的是同质化时代，他必须特立独行。所以任何人要求他在诗歌面前说假话，他最大的妥协就是选择沉默。

其实很早他就找到了语言的速度、词语和词语之间的秘密。他认为万事万物皆可入诗，只是很多人一生都没有找到准确安放的位置。他最大的叹息是想象力和思想在当代诗歌中的缺失，那些泥鳅般的诗人连句子和语感都没弄清就敢横刀仗剑。他知道诗歌其实已经凋零，外表的繁华难以掩饰内部的贫血和枯萎。这样想着的时候，他在重庆的黄昏坐下来，慢慢写诗；或者在各种诗歌圈子的外围，吹着口哨负手走过。

他可以和天下人喝酒，但却只和朋友谈诗，谈到夜色朦胧，手机滚烫，相互的争吵和批评很认真，大家都有真诗人的友谊和气度。是诗歌把他和朋友们集合起来，举杯提笔，以文为盟。他偶尔会想起生前潦倒无助的杜甫，或者写满一抽屉诗却从不发表的刘太亨，他变得宽慰起来，他说：认真写就是了，时间会挖掘和记住一切。

那时候诗篇清脆木槿花下是如此痛的长发和白裙。少年们有用不完的酒量和才华。

明月陪 × 卷壹

ALONE
WITH THE MOON

明月陪

春风深埋

春风埋过多少人?
多少人在春风里消隐
我持诗两卷,荷锄而立
想成为给桃花和李花陪葬的人。

可以吗?春风送回的一切都该拒绝
恋情,杏,细雨下的你。
在蓝色的街喝开光阴的窗
春风埋下的,春风自会救回。

田野啊,你云散的斗笠起伏芭蕾
李白啊,你回到天上囚禁几壶弯月?

春风在推动剧情
每推动一秒,死神就缤纷一些
爱情就手忙脚乱一些。

爱人啊，我躺在云朵上飘
你什么时候救我下来?

懒坝岁月

请原谅我就这样老去。
忘记仇敌和悬崖,放云朵入怀
就这样躲在清风里
躲在大雪纷飞的摘星辰的庙宇。
世间红尘,我们就此别过。
想象的日子撑着伞提前抵达
在解忧的山峦望天
拥有和失去全都雁过无痕。
懒坝度我,他是愁肠的介错人。

起身推岁月,鸟鸣平息劫波
人间依旧年轻。
千秋雪和万古愁
请送给昨夜的诗去解咒。
今晨,我沧桑的情爱和劫难
正在删繁就简,化作腐水。

请卸下这凋零繁华,用冷泉沐浴
风声正紧,请十二个月的花开掩护我撤离。

生活一退再退,最后一步就是懒坝。
这海拔比心灵略低
但可以高过所有季节。
此生有涯,卧佛在对山笑我
是到了抽身离开的时候
懒坝端出的天空游满闲云,
我是野鹤,整理佛家的巢
听道家的经卷,或者
在每一个下午无所事事。

看云是一天,喝茶是另一天。
登高需要用酒,醉落夕阳。
夜里灯火初起,朝露贴着竹屋。
推开门分析风声
闭上窗研究雨水敲瓦的轻重
四季就过去了。
雾里走着爱人模糊的影子
你整理诗篇,以酒换取愁绪。
一把松弛下来的强弩卸下金戈
从此,弓和弦各安天命。

生活曾经被一列火车推着往前
现在你翻身,撤下铁轨
任火车呼啸远去。这命运带不动了
这火车头饱经风雪。
我独自上了懒坝
过皇帝不敢奢望的冬夏。
如果遇见爱情,请不要太激烈
请浅尝辄止,然后窗含月色。

想象一场不世出的爱情

没有城墙,我们用葡萄藤筑起的家
受到海岸线保护。
战争的弯刀锈迹加深
瘟疫和谎言被隔离在外。

我们喜欢坐在临水的独礁上
看抹香鲸骑着浪花
一直骑往很远的落日的后院。
孩子们肤色闪亮,胸藏明月
呼啦啦冲向雨后茂密的溪流。
那里,小野兽慵懒,菌类飘满山涧。

你早晨种下的乌云
黄昏时生长出杯状珊瑚。
清水洗过的灶台,落下鸟雀爪痕
他们是春天的书法家。

刺猬来拜访过,那是大自然的信使。
我打理着屋檐下沙沙轻响的诗篇
准备重新朗诵一个世界给你。

松香木搭建的家门前,篝火常年油旺。
从窗户看出去,山海相拥热恋
潮水念经给大地听。
贝壳像美人痣,邮票般贴在沙滩上。
阳光卸掉我们身体的密码
打开,温暖中有了老去的颜色。

种满蔬菜的后院,鸟群悬停
丝瓜花攀上了野木荆。
旁边空出一小片地,那是我们预留的墓床
很早就种满夜百合和紫藤树。
这么大的世界
只要这些花向着我们开就够了。

有时候水上漂来船帆
那是朋友们送来彗星的消息。
偶尔的辩论,在繁星下拥吻
对弈时事或讨论情操。
孩子们想怎么生长就怎么生长

愿他们的自由和欢乐像海岸线那么长。

有一个夜晚,你读着我的诗
我读着罗素。想着人类正在受难
放逐的思想正在受辱
世事如棋,我们长叹一声
执手相看,却又放下雄心。
只是起身为孩子们牵好被角,压住岁月。

献给《海上钢琴师》

人们很早就下了船
或者,纽约只剩下最后一场暴雨。
光线朦胧的三等舱
你偷偷吻过的少女嘴唇肥美
她也许会在某个日落的黄昏想起你。

亲手销毁的唱片重新回到朋友手中。
还有即将销毁掉的命和命运
这曲调悲伤,世界再次回到告别。
大海的蓝弹奏不出陆地的远
船舷边雨水冰凉,海面平静
鸟群被恋爱变成灰色。

琴键涌出的波涛要清洗美国
清洗所有的街道和临窗的姑娘。
你想象过全世界,你用钢琴弹奏他。

船依旧漂泊,像精神的棺材
诞生地就是墓地
你弹奏岛屿、岸、贝类
弹奏一切你认为的万物。
你弹奏的鱼群,后来变为鱼尾纹。

战争结束。但这不是妥协。
爱情正在被送往海底的路上。
最后的时刻你和上帝对话
想象着死亡是一件轻松的事情。
你的朋友泪流满面
你悬空的双手孤单,没有钢琴
依然在肆意弹奏。

那一天美国没有下雨,大海就是墓地。
那一天之后,哭过的人们满目疮痍
依旧沉浮在俗世不洁的岸边。

夏天的少年们走过冬天

窗外的光线照进灰色楼道
诗篇被少年们举到酒杯前。
旧镜头里,向阳的小屋如此漫长
泛滥和沦陷很多
夏天翻着一册线装古籍
时光远到可以爱上任何人。

那时候诗篇清脆
木槿花下是如此痛的长发和白裙。
少年们有用不完的酒量和才华。
那些夏天有很好的落日
那些夏天大家喝到很晚。
窗外有时候风扫彗星
有时候大雨里落下乌云
所有人谈吐平仄有序,随手写下的诗
任意夹在唐朝和宋朝中间。

衰老在引路,爱过的都如死灰
一想起来就那么遥远。
如此啊,少年们,激情消散
雪意正在抵达冬天
汉语像马群被生活的虎啸惊乱。
如此啊,少年们
夏天在深杯言欢的夜里迁徙。

多年后,老朋友各自从萨克斯里走出
像高铁时代驶来绿皮火车。
风雪有些紧,请打扫门窗
请把诗的风纪扣系好。

骊歌或离歌

你在夏天离开，秋天没有回来。
深冬冰河枯萎
早春披着泪流满面的长发。

你在旧信封里醒了吗？
邮差运来的往事重新被寄走。
天瘦了很多，挤在透明的眼睛里。
小雨化雪，你在窗下羞怯地喊
我的名字被天空取走了吗？
我整个人已经纷纷扬扬。

那时候，重庆大雨倾盆
南山的樱花谢掉北方的蜡梅。
那时候，未来夜深露重
我听见所有的街灯都在说我爱你。

四弦十三寨

1

古村落按下云头,风宽衣解带
谁的绣花鞋被红灯笼解咒
谁另辟新径,练习隐者生活

当睡莲铺派出夏天的十三只酒杯
祖神堂前坐
前朝的木质花格窗
推开小青瓦下的闺房

遗失谣谱的马帮
在十三寨听见悠远、翡翠
听见多年前的黄昏:司檐悬空
松明照亮扶栏人心底的暗泉

2

每个人都可以成为谢灵运
纵情，攀登，喝小酒
成为魏晋风骨，放歌到南北朝

十三寨是玲珑的江南
是牧边的心慢慢变得幽远
众多姓氏百年自足，恪守渔耕
不问世间事。只偶尔抬头
看看天空送来季节变化的消息

小庭院幽深，适合陶潜种花
露水衣搭在竹篱上
古村外，初秋的树叶奏响
山水怀璧，可以安放任何一种修行

3

伐木者归来，唱着山歌
从森林和草香中漫过荷塘
云雀尾随，扶锄的人田间应和

在十三寨，乡居清闲，日头易老
碾房里谷面杂陈，柴火清整
每一滴岁月都泡在米酒里
每一滴岁月，都有神的遗物
春夏的岩耳、秋冬的葛根
或者紫薇树下琵琶襟少女手中的桃李

山歌清澈，嗓音每日被泉水清洗
对歌的人沿着山坳走进十三寨
他看见鸡犬相恋
黑猫在飞檐上懒散黄昏

4

白虎飞过。白虎堂前坐
祖神在神龛前高蹈
后代在村落中养气、修身、繁衍

五行相生不相克。尽管傩戏开场
但占卜并非为了预知命运
但水车没有回头。这里众心妥帖
老幼随遇而安
竹号和木叶吹出情歌
吹出天蓝地绿,生死相忘

一切都在三界外,万物随意生长
宠辱已经消亡,在十三寨
僧尼各修天命,人和仙终于和解

峨眉山访茶记

这是一座挂果后云团铺满的山。
从天而降的绿,养出地底长大的光
产下麒麟、卿相、散仙。
这是御风穿行的十点钟
降雨量微甜,菌种落满山间。
你在北上的途中思量
今日黄辰,应该和谁茶酒相置?

黑肤色的小妖女开口说话
她白砂糖的舌尖挂着竹叶青的暗香
两指微张,她要捏住风的尾巴。
那一刻,曾经被中年掉的某些器官
突然开始破冰、萌动。
你偶然想起多年前,峨眉雪意很深
旧情人在泉水里吃着往事。

你访问过的高山生长出大海。
你饮下的早春
平息了生活和欲望的渴。
当茶树和星月对映，茸绿的中间
温润如玉的除了玻璃和瓷器
还有宋元的画意，明清的天气。
这一山的碧玉蜿蜒，剧中人吹奏茶歌
骑着燕子飞遍你头顶细雨的天空。

采摘并不意味收获。
这是含苞后齿颊生香的国，每打开一层
世界就少一次伪装。只有芽嫩若处
才有资格用倒立的方式拥抱温度。
只有蟋蟀迎合蜂蝶的晨昏
才能剪影出小妖女的腰身。
你看见的炒茶人，清理出山峦和雾霭
恰逢吉时，他冲开泉水，悬壶云外。

短歌行

在反抒情的时代独行
口水和 rap 脏了这大地。

我在词语中洁身自好
在谁也猜不透的星座或街头
寄一封远古的信,写一首清凉的诗。

要像雨燕悬停风中。
要像荼蘼等待,恶自去除。

空谈太多,虚荣已经虚伪。
这世界增加着形容词
沉寂的春秋草木越来越稀有。

独守宽容和自由,独守最后的母语
我若凋谢,百花黯然。
阳光只是我一个人的。

江心岛别离诗

那是傍晚,秋天的沧浪并不比
身体里的河水湍急。
你关闭欲望,从现象学里收心
准备为肥硕的沙丘定制油画。

雾印刷着岛屿,凄凉生烟
你像妙龄女尼
独坐落梅拂身的黄昏。
我们的交谈或者争论
就要引颈而别,带露或者带恨
都是吸引风声围观的原因。
那么,谁放出乳房里的白鹭
猎获了可能正在分手的鱼群。

你想清理岛上的乔木
但我心里堆积的落叶越来越多。
你想打开云水深处的门

但我的房屋多年来大雨滂沱。

那只渡佛的船
沉没在来接我们的路上。

明月陪

普塞刻之歌

她想取回失去的一天
但却取回了睡神。
他多年在天空飞翔
只为低头的时候
能将她看见,然后吻醒。

这是灵感滋养的黄昏
众神把罗马移植到另一星球
我看见普塞刻在水边奔跑
丘比特把箭射向自己。

当歌声唱旧远方,王位虚设
所有诗人退回城堡。
最美的神啊,请回头
请在矛盾中驰援
赐下如雨的爱灌溉我。

即使甲胄卸下
丘比特泪流满面
即使哭坟的姊妹腰藏匕首
普塞刻依旧唱彻情歌
她的爱死于好奇，复活于坚持。

维纳斯布下了局
却送上了儿子。
她预留的魔盒，母神的妒忌
最终使灵魂苏醒
射手恋上婚礼。

好诗人写出的诗都应该送给你啊
普塞刻，磨人的小东西美坏了自己
她在磨难中整理容颜。
她正在走向你我，走向人类。

那时候，我在另一星球
拉过这个神话盖住自己
但要露出装满月色和琴谱的心房。

注：普塞刻，罗马神话中的灵魂女神，丘比特的妻子。

题画家欧邹《马头》系列

只有头颅就够了。
一切的愤懑和自由出了外框
集结着看不见的风雨。

水墨带来的,终将归还给草原。
黑白的草原灯笼里的草原
埋葬了肉身的草原。
墨的苦咖啡里,有游牧的蹄声。

咫尺就是天下。
以头颅为热血浇灌的祖国
隐身或抽象的十六州
就要弯弓射出速度的银鬃。

所有的冲锋拒绝栅栏。
这无声诗足够用来抱负

这牧歌被田园重新养肥。
合欢吧,逆锋而皴的笔和荆冠。

驭手在初夏催动宣纸
山水居中,去落日的巴黎牧边。
马头向前,马头追上南飞的琴瑟。

十八梯情事
——给欧阳斌

你熟悉的旧时光已经不在
花檐、春梦,风中独坐的粉头。
圆月下沉,稍晚你锦衣出门
去赴一场迟到的酒会。
你的迟到,上升过情欲的魔法
现在要放逐熄灭溺水的火。

旧人迁至南山终老,偶尔的消息
只是你独自穿过下半城的猜测。
记得吗?那些并肩的石阶
勒不住马缰的心猿,胭脂味
终究被世事熨平。曾经的小温暖
一提及就会要命吧?
你沉吟不语,放马去了中年。

青葱时候,灵魂明白的道理
身体暂时拒绝去懂。
你叹息岁月缓慢
暗箱难于尘封,所以总是会想起
多年前那个长发拂面的青年
写诗,纵酒,穿小西装
站在时间的月牌下
等待赴约的妖后款款迟临。

你其实是一辆脱轨的旧式电车
车轮滑向哪里,哪里就是终点。
或者,糊涂得还不够!
糊涂加深就是回忆,就是余生。
有几次聚会,你行色匆匆来得很晚
我怀疑之前的整个下午
你都在十八梯浪迹,独自凭吊。

新年钟声里给宿醉的兄弟

此刻,谁能读懂我的孤独,谁就是我的灵魂。
此刻,钟声响在心里
众生的酒杯醉了万水千山。
而我的体内,有一条大雪纷飞的街道
一直堵塞着大雪纷飞的这一世。

又一个新年,活着已经很脏。
太多的美好,里面都深藏着忏悔。
很多时候,我们误会了上天的旨意
曲解了雾霾、航标,道德重负下的欢愉。
我们误会的黑暗
角落里其实深潜着骨头倒立的声音。

一切都太过沉重。
这风雨如晦,这拉着大海往前走的柔肠。
钟声还在三界外,你合十走在慈悲中。

已经不能只是为自己活
已经不能用愤怒解决愤怒
你长叹一声,随波上了俗世的高铁。

太多人听见新年的钟声,听见衰老。
而我六根已净
独自披衣走向茫茫的蜀山。
你们想成为我,而我早已不是我自己。

明月陪

南宋的崖山时刻

雨落在舱外的蓝色屋顶上
君王听见枪声很近
几个攀爬的士兵
星矢一样从船头坠落
从梦里,翻身落到梦外。

陆地和宫殿来不及撤离
大火把根据地送到海上。
君王是一条八岁的鱼
航向偏移,民众的血浮向天边。
很多年后,繁体的宗庙
依旧飘动十万殉葬的幡。

南方的暗礁
锁不住北方的猎豹。
古典的天下正在易帜

当草原想要弥漫所有陆地
道德和旧制只能用热血抵抗。
结局在暮鼓里
哭醒遇难者的晨钟。

当迂腐遇见屠杀
八岁的君王，朝代无辜的儿子
独自背负殉道的墓碑。
史家相互弹劾，争议里有人性吗？
很多人看见君王稚嫩的目光
他纵身一跃，跳出了历史。

沉沦的代价太过深重
牺牲值得商榷。
北方的星即将明亮起来
霸业没有胜负，但苍生有泪。
南方，归鸦掠过海面
它想唤醒平民主义的血。

少时乡居生活图

1

天空有一九七八年的阴云
旧日子隐忍,雷声哽咽爆米花的味道。
很多下午,祖父伫立屋檐听风声
祖母在堂前喊家燕。
寄养的少年,托着黄昏
绕指柔的蝴蝶陪着他
从夕光里返回,翅膀积满暮色。

李花清肺,探身推庭院
一小朵一小朵的白
怅惘了木门青苔。
桃红,春色尽,半湾羞嫩的腮。
蔷薇科蜂拥,初夏的琉璃透亮
几只斑鸠从竹林起飞
天空让出一条省略号的路。

2

稻草盖厚墓地，时间隐身。
灯笼果睡在松针边
如果采摘，会碎了露珠的梦兆。
望出去的远山很近
如果离开，迷途很难知返。
青砖灰瓦是水墨的一笔
偶尔有家燕破纸飞出。

这姓氏贫寒，骨骼孤傲
一门恪尽祖训。
太师椅边供着家法，神龛古老
从木格窗进来的光束
落在族谱的纹理上。
先祖遗照下，焚香人起身
堂屋宽敞，他冥想风水曲折远赴。

3

书留给风去读。
半坡上，村小简陋，钟孤悬
集花成园的想法毁于放纵。
多少功课闲置
输给乘虚而入的七色系。
去溜号。窗外春秋高挂
去眺望，去顺手摸一把锦和绣。

门洞和矮墙，是撤离的坦途
蟋蟀和花瓢虫
一个搭桥，另一个摆渡。
雨水把道路哭湿
你黑布鞋的白边会脏吗？
你踩着青冈叶去找白蘑菇。你啊你
你的柑橘树一夜开花，挂果并蒂落。

4

天籁来自麦苗间的拥吻
来自鳝鱼吐泡,苦笋褪下外衣。
昨夜的虫鸣运着风
像谁往心里运着月亮。
人,潮湿着,迎合松脂滴落。
浮萍的声音是水波在恋爱吗?
不,那是池塘长出的酒窝。

春风啸聚啊
锈掉的重新亮出来。
菌子追蘑菇,牛撵犁
从哆跳到咪。
那该是怎样的音乐?
那该是无止境的绵延和清凉。
群燕出巢,万物从心底长出你我他。

5

命运开始迁徙，从湖广到重庆府
只为三亩薄田，一间瓦房。
丘陵让车辙停顿
创世出一个村落。
来时路和弥留途，众生，归于尘。
何不像蒲公英自由入定
苍天设下的局，大地会解决。

这生活已足够
这乡居的清贫从无恨意。
品尝和告别都太早，粮食在田坝
鸟雀把命和谷粒衔进巢里
像堆积过冬的俗物，各有天命
但毫无贵贱之分。去吧
一起饱餐方圆十里的淡泊和心安。

6

告别丰收,草垛里卧着衰亡。
鸡在踩配,蟋蟀黄了
麻雀躬身电线观察偷欢的秘方。
手持灯笼的人席地而坐
他看见啄食者和藏匿者如鲦鱼
从容,淡定,要去拜见灶王或阎王
等待落英如霜降。

时光很薄,孤独就要溢出
就要追上田园的亡灵和守墓人。
秋后的睡眠总荡漾着水纹
万物灿烂悲凉吗?
万物写出的诗就要被大地收回。
晚归的少年看见暮色迷茫
山脉远出画轴,落日正在洗窗。

7

记忆回不去，半世的梦那么漫长。
消瘦的农业，英俊的五岁
少年用忧伤的血液寄养乡村
他的祖父在清明归来
踩着伤感、迷人的丘陵。
那时候陶罐里的雨水长出青苔
祖母在坟头守着如蝶的经幡。

薄田在后，情义为先
这祖训如命，从此生死相伴。
青石板依旧蜿蜒，麦苗弯腰和风说话
只有月亮洗着遥远的祖屋
这刺一样卡在诗篇里的意象
夜深人静的时候总会痛出太阳
而李花飘落，少年时的桃花依旧忧伤。

灵魂看到的，
诗拒绝说出。
身体囚困的老虎
熬过春寒
夏天里，
它想变成海豚
带着光滑的情侣
浮游海面上。

ALONE
WITH THE MOON

明月陪

×

卷贰

明月陪

春风送出快递

我要把重庆寄给你。
梧桐花的邮路漫长。
我要寄来雨天的磁器口
你撑着伞,心里落满杭州的雪
落满语速的偏激和茶色。
我要寄给你整座美术学院
旧时女友,清脆月光下。
寄给你,陪都暮色的酒和藤蔓
请佐沙坪坝的余欢。
寄给你,彗星和绝望
请多情打开,然后滥情埋葬。

你没到过重庆

火锅是世界上最妙龄的颜色。
江水冲散的块垒流向其他星球的夜晚
当你醒来,枕边的长江要和你说话
你不必打开窗户
拯救和逍遥就会进来。
你想变成波涛迎接日出
或者从江堤取回明月
隔岸醉遍南北的洞房。
请随手摘下星辰
别到心上人发间。请每日凌波微步
在天和地之间魔幻地迷路。

你即将爱上的一切高于想象。
当地心涌出雨水
奏响十里温泉的锦瑟

当二十八楼的汽车停靠仰望的阶梯
你看见唐诗和油画正在从山脉里长出
王维和莫奈相见恨晚。
一城剖开的雾,隐现彩虹群的桥梁
这美学高级,梵高曾经等而不得。
你看见的城和飞鸟平行
像一座升往天空的岛屿落满烟花
成为所有相思唯一的处方。

你没到过重庆
这一生的损失无法弥补。
地壳的琴衣斑斓,钓鱼的城池风紧
荔枝古道上,马蹄的余香绵延长安。
那街市和楼宇铺往天空
白鹤水底飞,石刻禅意里
云朵旁走着待字闺中的姑娘
而侠客歇马拱手,梅树下以酒相见。
隐者多年来出没美术学院
他要涂鸦两颗古星球
一颗用来围煮江湖
另一颗寄给春风里策马赴约的朋友。

所有的一秒在这里略等于一生。

如斯的灯火和蔚蓝你从未遇见
如斯的四季跨年河流和山峦。
当门朝天开,旅人遥指命运的挂钟
你看见钟下爱情执手
世界像一碗小面那样柔软绵长。
你想解放心事,执意饮一饮长江
或者在汽笛声里选择做一个摄影家。
其实你很难拍摄轻轨该怎样驶过想象
驶过生活的峭壁。
你也可以吃下轻轨,到磁器口去消化。

明月陪

你看,一个叫李海洲的诗人
他的爱和痛都埋在这里。
他这样写下重庆,世界会不会不高兴?
你会不会先扼腕叹息
然后鼓掌认同,并整日整夜用梦赶路。
而重庆早已置下山河的宴席
长江作酒,春风引路
那么你何时才能弥补一生的遗憾
赶来重庆与一城的星月和良人痛饮?

石磨纪雨事

雷声滚过石磨纪,山庄披着天籁。
万物变凉,除了心境和热血。

雨水送来一个石匠后裔的往事:
父亲在十六岁那年离去
他种下的樱桃树收获了绝望。
采石的声音总在黄昏响起
父亲披衣咳嗽,最后一次眺望远山
远山雾重,隐着寂静的村庄。
那个下午凿子在雨中坠落
生活的钟突然停摆,鸟群一哄而散。

多年后说起往事他语速平静
江湖轻裘肥马,雷声只在胸中荡秋千。
他沽酒的时候沽下整座村庄

长江从心底倒流,他推开庄园的门
请石磨从四面八方进来
堆满一座怀念的城池。
仿佛父亲的无数同行重新集结
仿佛所有青豆开出白肤色的花
沿着石磨流出多年前压抑住的痛。

屋檐下袖手,时代可以短暂地刹车。
石匠后裔说出的话
风听了一半,另一半被雨水取走。
石头沉默,父亲在明月下重新回来了吗?
一卷乡愁,在雨中抵达老年
它也许能平息某个时代的不安。

石磨纪光线潮湿,老物件长满青苔
仿佛有民国少女爱过的痕迹。

湖边的圆木房子

你怀疑自己要在这里重新开始生活。
当鸥群引领风声把你唤醒
阳光舔过树和窗棂,解封了早晨。

你发现久违的灵感从天而降
一梦之后,很多诗句突然活过来
他们在房间里穿来插去
偶尔有一两句涌出纱窗
盘旋向高树。

很快,你被寂静从床上提到岸边
湖水沿途抽穗
那声音消磨掉不该有的前程。
你沿着木栈道走了很远
心里沉积多年的薄雾正在散去。

你计划过的逃逸仿佛就要实现
流水当断则断，蜿蜒到从前。
有多少俗世应该舍弃，任其烟灭？
有多少归隐之心状如沙漏。

阳光追捕浪花，潮湿着早起的过客
你低头想问题，然后放弃。
你知道所有暂停都会被迫重启。

沉迷之夜

众天使送来星空。
樱桃迷人地坠落,速度害羞
她要放慢弧形山脉的风。
少女低头长出一座暗瞧。

葡萄园对映星辰
一颗追一颗漂流蓝屋顶旁。
桉树下,马群卧食绿草
驭手卸鞍,蔷薇涣散于酒意。

灵魂看到的,诗拒绝说出。
身体囚困的老虎熬过春寒
夏天里,它想变成海豚
带着光滑的情侣浮游海面上。

隐者出山

出门前望天,这病的国
又一场风暴。你流下泪水的那个夜晚
大地干净,谣言自动偃旗
所有人都看见了悲伤。
即使动容的是战车
即使大地颤了一颤
隐者稳住身形,站住山川。

人们暗地里打气
要咬牙挺过这岁月。
你含泪动身,一日数地
时局大雾漫天,你忧愤成河。
多少肉身在迷途中困倦
唯有死谏的心胆
在暗夜里接通轨道和黎明。

那些日子,歌者喊着苍白的口号
为著述活着的同僚开始辩解。
你屏蔽风雨,问诊天下
出山为俗世把脉
那俗世,锦绣、繁华,藏有暗疾。
你摊开医家傲骨,画地为牢
你要隔绝出一个没有战乱的春天。

多年来,人们只能在风暴的旋涡看见你。
更多时候,你悬壶书斋
用抱负放疗世间疾苦。
不愿意站上前台的隐者,面容硬朗
胸怀大悲,他只身穿过大地的模样
感动了一城的人。
那天黄昏他风尘仆仆地出现
只一下,就修正了命运的脊椎。

某个秋日的散步

难道还有别的路可以选择?
渡河时候想起的音乐
像候鸟的争吵谱上曲被唱出来。

我们沙沙的脚步,分开后
又被流水退回。落羽杉挽手结网
临岸最近的一株
像不像书房顾影自怜的你?

出门前谈论的话题
即将滑进世俗的圈套
尽量将息吧,这光阴很难。
那么,谁忍不住旧事重提?
为何你离开,却不敢相拥而泣

唉，这秋天已经荒废。
阳光如果再轻一点
你就可以飞走，如果再柔软一些
我就直接化掉。

伶人孟小冬的晚雪

有两次,你在台北的夜里咳嗽
雉尾蒙尘,手帕掩住落音。
北平的梅花十六年前就谢了
你的名分来自海上
那是乱世和疾病给出的遗言。
太多过往,搁置在戏衣里
一褶一褶地痛。
想起这些,你指法凌乱
心里的冰慢慢融出铅灰色旗袍。

午后闭门,这静养的十年
梨园落着一夜一夜的雪。
仳离归宿的冬皇
撤出命运航线,敛住生活的冷
只是清高和孤傲没有卸妆

一直挂在风逝的额头。
很多次，你孤单穿过台北大街
没有惊起一句风声。
很多次，那个画画的人在敲门
后来他为你题写了墓碑。

观甘庭俭木刻寄鄢家发先生

那些年的成都有些摇晃
记忆再深一些雨和酒就会倾盆。
我们穿过流言挡住的沉疴
在街边组一局江湖坐定。
夏日很短,毛豆是啤酒的价格
啤酒是青春的价格。

那些年,潜泳的锦鲤在夜色中
天还没亮,钻石般的皱褶不为人知。
而黄昏有太多孤独。世事穿插
每一条大街都是同一条。
喧哗中对饮,我们旁若无人
偏激地谈诗,用怒吼面对世界。
后来那个背影宽大的人摆摆手
他要压下江湖,让青年们回到杯前。

他起身,盆地的槐花有了高原的情欲。

那时候成都闲散,诗意无边
我们谈过和写下的都还没有老去。
多少走旧的街道,在梦里铺着前尘
骑过的单车,靠在记忆尽头
它或者会和锈迹的我们一起消散。
很多次,想起你就温暖入怀
想起你,诗歌就有了九十年代的模样。
是啊,一群人的青春没有完全折断
大部分还在你手里。
是啊,我记得醉酒的人提前了星星
在红星路的日出里。

想起一个媒体人想不起他的理想

方向成谜,血从冷到更冷。
当终点提前到来,这失去跑道的世界
这用过和死过的激情
墨迹消遁,人若鸟兽散。
那些天,他总是梦见一切再生的可能。
纸的帝国在风暴中集体滑坡
挽歌开始,最后的护灵人握别时代
他害怕最后一个夜班的酒
醉不到天明,尽管没有谁能够醒来。

太多的同袍站在歧路上
华盖稀疏,只开枝,不散叶。
谁都曾预见过城堡的沉沦
预见空谈误国。
但已经没有时间空谈。

消逝太快,版面和薪水一减再减。
这是来不及撤退的中年
这是浪漫主义无能为力的冬日流放。
他起身离开,夜深露凉
周边太多流泪的孤犬让他心事重重。

一夜之间,他和方向都有些老了。
纸上的灰慢慢移到心上
他明白生活的线团,切开后就是万古愁
他明白流逝和第二次起跑有关。
几十年的绚烂终于平息
船长和水手各奔东西,另一个日出
磅礴在马群脱缰的早晨。
理想再见,再见居心叵测的未来
再见壮怀激烈。那命运的加减法
加上了世故,减去了春梦。
现在,未来是一壶独酒
对饮浮云寂寞。对饮姑且妥协的生活。

大海只是醒着

我的心是你要的颜色
蔚蓝里带着翡翠。
你的岛是离岸的漏网鲨
我催舟把他们联成航线。

到来和离别消融为盐
重新撒进悲欢的伤口。
你有着无辜的脸
你抚平过的一切都那么短暂
快乐也是。痛在返航
你想要在年华中遇见我和谁?

你爱过的古代朋友涛里藏身。
东坡和孟德依旧醉着
散发抚琴,以平仄释怀

他们在半船的世事中独饮。
我碎了一海的酒。

燕窝和渔网,滴漏着时光。
没有人歌颂宽阔
宽阔只是贝类的绝望。
我听见岛屿和浪缠绵相拥
我听见所有的方向变为荡漾。

大海只是醒着。
五行缺酒的人,割舍下诗篇。
诗篇里失爱的人
大海葬不下你的迷途和归宿。

燃灯上人

最后,点灯的人熄灭了自己。
那是寒夜,城门积雪
只有风自由出入。
守灵者持烛家中
众多陌生的面孔,焦虑、苍白
汇进叛逆的河流。
良知点燃的灯,照穿的不仅是谎言。
一些被忧愤、绳索捆住的肉体
悄然传出破冰的声音。

那个夜晚,天空哭着冷冷的流星
柴火潮湿,悲哀很深
苦难的帝国飘满白色围巾。
那愁绪困在鱼刺里
守夜的都是灵魂的遗孀。

点灯的人去了天上
昨夜他死于暴风雪。
他留下遗书,想让更多人醒来。
他写过信,寄给沉睡者。

种梨花

春天如此冲动
春天的细雪涓流到后山
骨朵们集合起来呈现梦境。

梨花漫过归途
美人挑帘遥望，容颜孤傲
她要洗掉所有世俗。
暗香的江南正在重现
世界凄美如斯
凄美得让你不知道该怎样活下去。

你是否想葬在这里
借香气的邮局隐姓埋名
如果离开，爱过的正好烟消云散。
你收集落花，邮寄浮生

完美是短暂的，内心的狂雪
从此下遍天涯路。

骨朵们痛过接下来的所有春天
美人推窗，月色相拥
她一直在我心里种梨花。

成都三人下午茶

1

深秋有早春的寒意。落叶卷边
裹着衣领晒太阳的人,中年有些紧迫
生命约等于一壶变凉的素茶。
应该没有更重要的事情发生
放空身体,消磨掉整个下午
放空的就让他飞去,不再返航。
我们用半生思考人类已经足够
另外半生,去陪上帝喝咖啡、发笑
在街道拐弯的地方,蹦出来吓孩子一跳。
风花离开雪月,境界无高低之分
如果要讨论往后怎么活,意义已经不大。
接下来,日落约等于日出,开始即结束。

2

雾水可以成酒,李白可以混淆杜甫。
醉吧,尚仲敏,躺下伤身体
没有什么大钱值得你掏肝奔忙
打开庄子,有意见请讲给世界听
没有酒局值得奔赴,躲起来,让别人去喝。
品茶吧,李亚伟,侠骨最怕柔肠
你深爱的汉语成为屠辈的遮羞布
假兄弟太多,只有普洱的利润顶住你的肺。
任何江湖,我们都是过客。
深秋有夏日的膏腴
人生卷边,高铁在隔窗轻唤我们
但旅途遥远,远到没有值得停靠的车站。

成都雨天的尚仲敏

雨天有些暴动
他的爱情准备起义。
办公室的窗湿了武侯大街
他想睡懒觉，抱着美人。

他的身体寂寥
内心空到可以塞进一个成都。
他藕断、丝乱，观察各色伞下
飘着的碎花裙和小腿
飘着的别人的怀抱。

他连续给异性电话
名义是约谈诗歌和背诵语录。
红颜们墙外零乱
有的在医院排队，有的出差

有的聊着聊着就睡熟
最后一位生理期混乱
在秋雨的下午要去安装避孕环。
他叹息着，假装无法应付自己。

黄昏的时候雨没有停
那一天有很多花凋零墙外
而他依旧和手机相依为命。
后来独自驱车，他漫无目的地回家
雨水落满成都，落满一条街的寂寞
快到家门的时候
他心如死灰，突然悲哀地想起
自己原来是有妻室的人。

在唯一纯粹的左边
——给诗人柏桦

被风引燃的革命和自由
魏尔伦英俊的夜晚。
张枣在窗前写诗,音乐和旗帜
像老唱片里的海水横切孤独
你突然哭出声来。在汉语的前夜
明月的蓝披肩下
你多情的泪水灿烂,凝着豹斑
血液里暗涌奔马和提琴。
你在左边,要平息青春的暗疾和伤。

所有黄昏,换不回重庆的旧日子
即使固执的成都,缓慢、深居的府南河。
临窗你想起星辰、仙侣、山麓
想起漂亮南山下,凄美的樱花祭。
你骑着夏天的单车

听见悲秋的诗句被深冬的高铁娶走。
你来不及想起的爱人
就让她们年少，在梦中随意聚散
就让她们乳房素雅，胸藏雪意。

在唯一纯粹的左边，只有敏感的星座
可以集合起极端和极致。
多少年阑风伏雨，你同袍飘零
喃喃自语："抒情的月经已经流完。"
其实一切都将在一首诗里死而复生。
你是长江，可以改变府南河
你在左边，可以让右边和中间和解。
当云雨翻卷，请闭窗温酒
请让我听见你的狂飙山高水长。

冬至寄兄弟们的约酒函

我们约酒,约冬夏邦交
天地围煮一炉
约疾病和疫苗相见恨晚。

时间紧迫,马蹄踏冰而来
昨夜解冻的积雪今晨融化为酒
醉遍情义抵达的喜马拉雅。

春秋送出的邮件
正在寄往南北。
南北的酒量,正在归于重庆。

饮者留下神迹。叹词高悬:
一觞敬光阴,它应该更慢一些。
半杯留心底,醉意映照浮生。

我们约酒，约生死相见。
这盟约千年后仍被记起
在任何时代都将穿过语种回到杯前。

我说：
你就是重庆，
是我的全部爱。
很多年后
我拥抱你
会有一些陌生。

明月陪 × 卷叁

ALONE
WITH THE MOON

明月陪

红橘遗枝记

其一

音乐和飞鸟也撵不上。如果你愿意
只有丘陵和山峦才能目睹埋葬。
你臀瓣形的肝肺何日开始衰老？
绷紧灯笼状的房间，你的处子之身丰盈
这沧浪剩水，足够用来头疼
足够溺亡数场秋风。
但你是怎样逃离魔咒的呢？
怎样在枝柯间避开坠落，燕雀的追捕。
这劫数更改，难道仅仅只是机缘？
如果是，为何我访遍密林高山
却无法寻回同好，共去舟中修仙。
或者避开人流，一个人披发执剑
在茫茫大雪里锁泪独行。
我见证你青涩肥硕的过程

从窃窃私语到鼓起胸脯,直至乳房消瘦
我探出的是疑问的目光而非冰糖的舌头。
是物理学击败了星相学?
还是世事如腐竹,终究抵不过一场炉火。
你见我借一壶青梅酒
从城郭的薄雾里纵马如约而至。
却不知我只想紧守心牢
握杯袖手,和所有爱情隔江而治。

其二

深渊密集的日子,同伴纷纷逃离枝头
有的进入泥土遇见蛾蛹、蛇、蚯蚓
这潮湿的比邻,腐亡是大多数的命运。
有的登上画堂私舫,进入呵气成愁的唇
抵达我羡慕的美女肝肠。
只有你依旧孤悬枝头,大地茫茫
你困守的唯一亮色难道是饮鸩止渴?
这样寂寥的抵抗意义何在?
这最大的坚持依旧只是坚持着抵达灭亡。
即使色相如空,你如此耀目
甚至作为最后的种子硬挺过寒冬。

但我们多么相似，我老了，比你更感枯萎
我走过或抱歉过的理想
既无法实现，也无可挽回。这愁绪万古灭
这远足或回归只足够放任一次。
都不如你两季高悬，任天空结束愁肠
在暴雪和大雨围剿中鲜嫩如斯。
后来的某个夜晚，我独自饮完小酒
捉月色匆匆而过
你突然坠落，只有三钱的体重
声音却闷雷般结实。
那时候，我身披松茸，无力独行
仿佛听见天空有召唤我回去的声音。

仙女山梧桐大道上的雾

所有的青春都可以通过这场雾回去。
鸟鸣很浅,像心又痒了一下
纷飞的气候里,法国梧桐闪亮
白衣骑手在大雾中相遇。
她回头看见中年的雨披头散发
他想起多年前小女友来不及说出的情话。

青春真的很远吧?
草坪错湿了上午的水磨牛仔裤。
青春是那些多年后无法收拢的泪吗?
被这场雾罩住的所有人
这一刻都是少年。都应该遗憾。
这一刻隐忍着旧伤,然后旧伤复发。

单车的路线,想要停泊在黄昏。
任何的相遇都是归来

满地梧桐在初夏的雾中等待。
雾的另一头会走出轻狂的你吗?
骑行这么多年,胸中的树叶青了又黄
雾的那一边,白衣骑手看见白裙子的闪电。

下浩街的最后时光

一切都是这样,还没有开始告别
就准备着离开。左邻的狗给右舍的猫梳妆
豆花鲫鱼和玫瑰糕泪眼相望。
这旧地球即将成为标本,推土机的齿轮
就要让时代入土为安,或者化蝶成茧。
什么是茧?是自缚的经济?
还是伪文艺的扮相?或者是清凉的记忆里
街檐两边小雨敲窗的咳嗽。

全世界都在怀旧,包括长江的涛声
枕着涛声入睡的山川。下浩街寂寥漫长
那树荫可以装下一生。
乔木挺拔扶疏,苦楝花拂落青砖上
他们会有明天吗?或者迁移到另外的星球?
庭院里,临窗剪纸的小爱人旗袍绚烂
她的目光穿过狭窄起伏的巷陌

她有太多迷惘的心事,有秋收冬藏的远方。

是啊,记忆是最痛的
往事会和夜深人静的狗吠一起痛。
是啊,只有在流逝得太快的时候
才能一日看尽长安花,才能让内心的吊脚楼
成为殉道者的墓碑。已经开始了
这坍塌,这古老,这溘然长逝的车站。
落叶覆盖的门扉前,两个老人想起旧时光
苍黄翻覆,只有他们终于白头到老。

晚霞传信

即使一切事物终将坠入尘埃
那么请把来生提前
请修剪高过窗台的白发
捆住天空最后的微黄。

如果美好易逝,一切覆水难收
那么请在黑夜来临前回光返照
包括季节、人心、皮囊
以及初冬里无处安放的愿望。

是啊,鱼水将分,晚霞传信
所有消息都如枯春落下白霜
当积雪深至颈项
黑夜开始织网,谁躬身入局
焚香在彼岸花开满的院落。

如果有人这时候敲门
那应该是睡狮迷途
骚动于果实腐烂前的各种气息。

明月村素描

小径远到农业的心脏。
江面平缓,鸥鸟涂抹的诗
正在被芭蕉和虫鸣送给过客。

炊烟下,绿萝开出白花
胸藏泉水的说书人临风扶栏
汽笛声吐出往事和篝火
他忆起旧宅潮湿的家谱
明清遥远,丘陵早已变为桑田
他看见繁星把明月山照亮。

村落像油画,这秋天的颜料
比一座美术学院还多。
粮食长进命脉
天色晴好,庭院里果实悬挂
街口的葡萄藤缠绵巷尾的柚子花。

返乡的人从此不再远行。
打理出马蹄声送给昨天
迁居到春风里,听潮水抚岸
渔歌唱出五柳先生遗留的书信。

这归宿古意盎然
这一山的甘露陪着东去的大江。
野史里帝王偏安的河流
在江水拍岸的正史扉页上
抽丝出新一天的鸡鸣。

筑水而居的人正在醒来
心很绿,天亮得很早
说书人独自下了明月山。
村落寂静,云朵顺水回到人间。

孤城有寄

很多年后你拥抱我
会有一些陌生。
那时萧瑟刚过,满坡谎言
撒满星星系。可以预见啊!
疼痛、记性、原罪,最终物是人非。
时间运走亡灵,事件将被遗忘
白色乌鸦飞过脑后
但我不能遗忘你。
我曾经只在凌晨出门
寂寥使人安全。
剪掉的呼吸悬停风中
风想作画吗?风让街道和心空出来。

病毒把绝句化为流水。
抒情太假,汉语愤怒更为可爱。
谁的诗里藏着秘密、锋刃、葬礼

藏着赎罪者的墓园。

孤城数日大雨,我不疾不缓地穿过

段子手现身,他的故事版本很多

但统一有着口罩的模样。

夜里,尊严来拜访过一次

暂时发出食材断生的气味。

我说:你就是重庆,是我的全部爱。

很多年后我拥抱你

会有一些陌生。

史书里的某个早春

那个早春,死亡很近。
谣言和阴谋论在天空飞雪
无辜的城一夜间失散了人民。

危机四伏啊,危机左右对称。
你倾泪爱过的一切多么脆弱
仿若你的无助、善良。
世界正在沉默,战船沿江而上
这场敏感的豪赌有几成胜算?

很多天里,你努力辨认
想要从流言里找到安慰。
天下病了,该用哪一剂处方?

你佩戴铠甲,数日负手书房
想起兄弟涉江

老人如落叶,飘散在高堂。
悲愤和失望是如此之深啊,
独酒已薄,冬日再寒,谁惧暴雪?

风声紧,夜有些悲凉
你起身推开窗外空寂的街道
坏消息里长满荒草。
你知道生活终将继续
即使里面埋伏着太多新伤和旧疾。

起死回骸的赌局

两服中药煎苦的夜晚，是早该凋谢的假期
是时光倒流，来生不能提前。
那灿烂，在第六天归于黑暗
一只妖和一枚精完成了这一切。雨水应景
窗外哭着整个世界伤心的人。

告别迷恋的琐事、小阳台、葳蕤的花骨
告别敲门。告别容易生病。
国王枯槁，大地像缓慢转动的茶色吊扇
夜雨滂沱，晨勃有罪
难道真的只能置若罔闻？
难道是一偏之见遮蔽了小蓬莱的后路？
叹息着踱步，或者卷在沙发里
只用了半小时，世界就静默得语无伦次。
你迷恋过的丁香乳，锦衣暖过的蛋
后来在别人的怀抱里问候早安。

突如其来的地狱,由两个电话构成
那不经意说出的真理
说出了让复活的人重新寻死的理由。
这必败的猫鼠戏,这没有翻盘机会的赌局
总是起死回骸,总是突然展开
然后结束得哀哀欲绝、轻描淡写。

我从此孤城紧闭
把心里那轮落日的苦、痛、安静、杂乱
慢慢熬制成中药。只是不知道
这世界还要坚持多久,才能学会遗忘。

睡莲科的克拉爱人

从俗世生活中拔地而起。
晨曦被两克拉的繁星推出
睡莲上,一克拉的露正在醒来。

我爱过这短暂的消逝。
在集合了印度和越南的五彩田
村庄收拢两国的碧玉
风收拢雄心。
那盛开和凋谢总让我悲伤
那香气沉醉,联系着月亮。

临水问荷,天地的克拉爱人
速朽的金风玉露
用滚动告别盾圆形的婚床。
荷叶和清风摇醒的人
推窗望见木屋炊烟。

流水偃旗,几克拉碎钻
碎掉一地清醒的蛙鸣。

睡莲科悬停风中,人悬停这浮世。
即使村庄被夏夜的繁星铺满
即使睡莲遍地,心有悲悯
你也难以独善其身。

果园诗人在霜降时离开

连日阴雨的重庆终于放晴。
她久病数月,终于选择离开。
时令是霜降,阳光慈祥,前所未有。
那些黄了的柠檬
应该都有过泪水和雪意。

曾经在李白的剑阁
她如履平地,寻觅陡峭的诗意。
还有青年时代的缙云山
她微笑,和所有成长的母亲一样。
诗歌从果园的指缝间漏出
然后溜回到生活中。

最后的日子她计划着体面离开。
拒绝探视,像果实拒绝坠落。
霜降那天,她手抚云鬓,一尘不染

用朝露清洗容颜和心脏
然后尊严地走上另一条路

像写下另一组整洁的诗。
像句号,重新回到语法的开始。

往后的每一次霜降
我怀疑都是她的重生日。
那一天,我们都应该重拾诗篇。
应该替她幸福地活着
替她整理果园,热爱重庆。

过山城巷

如果一条巷道站起来临江
你的心情会不会架桥?

夜路太多,你顶着灯笼
想驱走心里的鬼。

南北的营生已近黄昏
蚁群看紧荷包。

你是否真的能假装万籁俱寂
在喧哗中独醉一人?

病中明月下

地球的头和我的头,都在刺痛。
大和小,各有艰难。
我能够解决的,地球不能。
明月下,一切貌似很美
但美是一种苟且。
蓝披肩挂进千家的窗
有万户看不见的假象。

我关心各种修复:
血液的流向,耳光和糖的平衡。
臀部和大脑的远交近攻。

项上的器官貌合神离
像地球奇怪的合伙人:
有的假笑,葬信仰为泥
有的冷眼旁观,放出捕猎的野兽。

洪流里漂满货币
疾病前置，替换暴力的宾语
自由和新社会，正在把沉疴下放。

去医院的是一条老路。
明月悬挂，大和小等待修复。
病中，诗稿难续，碎银耗空了胆量。

明月陪

夏天的风头梅

山峦披着低密度的醉意。
整条路快要变成酒!
风在发酵,风被夏日的杨梅园催熟。

整个世界因你的孕期而眩晕,腐朽
阳光提取的糖酸漫过天边
空气中遍布着再婚的味道。

成熟的结局就是坠落。
风暴来临,孕妇站在六月最高的枝头
回望暮春粉白的火柴
怎样慢慢擦亮夏天的灯笼。

高处难于侵犯,但摇晃在所难免。
青枝易碎,攀摘是另一种伤害。
离尘的优秀属于天空

只有飞鸟和闪电爱上过它。

风头正紧的日子,偶尔会有惊雷
寂寥的前奏仿佛带着神示。
当杨梅落地的声音传来
瓜熟之后的结局,蒂落是多深的疼痛?

用内心的泉水去解散夏天!
杨梅园里,很多人想起这一生
尽管没有在风头上站过
但命运摇摆,依旧看不清落花流水。

海子三十年祭
——兼怀少年时代的诗歌兄弟

三十年后,我在你的诗里查找死因。
怎么可能?孤绝的乡村叶赛宁
骑着形容词飞过亚洲的少年
就这样歌喉喑哑
就这样瞬间爆炸。
遗留的橘子,花朵凄楚
赴死的铁轨已改道。这工蚁的一生
多少敏感的词搬运假象!
多少抒情的奔跑,以死亡的名义
在更深的误解中陷入天命和风暴。

就这么过了三十年,朋友们已变老
你依旧乱发遮眼,摊手拥抱天空
静等一个词从天而降。
我们在赋比兴里相遇
在哲学的庭院之外告别。

只能选择春天,送一首诗诞生或猝死
只能在三月,抚琴回应深寂的雪。
还有多少人能够完成对汉语的深爱
你提前结束自己
在茫茫世间情欲凋零的时刻。
当修辞以酒的形式欢颜
铁轨改道,承受不住一个比喻。

你送给我的青春已经死去。
一代人丧失的想象力,尘埃上的自由
是否是你还没写出的诗句。
身后,站着孤愁的老人和村庄
青春的浮名能换几亩稻粱?
词语落满的太平洋
只为词不达意的诗人而虚妄。
如果诗歌理想还在继续
如果重生,文字能否成为武器和方向
你是否会因为其他原因选择死亡。

回望九十年代

当爱开始之前，情欲首先破茧成蝶
沿着鹅毛绒的太阳涌出窗外。
姑娘的腰身在修饰的薄雾里显山露水
湿漉漉的目光下，街头的单车迎风摇响。
修读完一夜《资本论》
天明了，开始温习《草叶集》
在马克思和惠特曼之间
革命的爱情曲径通幽。
一群人选择讨论粮食、饥饿、哲学
选择用昏黄的灯光
镶花边的信札、高粱白酒
接待远方来客或者送走远方。
远方有多远？就是一首诗的距离。

九十年代的偏激，可能比愤怒还深？
自由随风潜行。

唐朝、宋朝、瑞典、法兰西
大国很辽阔，值得愁肠百结
值得用板砖和荷尔蒙举重若轻。
当某一个极端死在离经叛道的路上
朋克或摇滚，会从舞池或电影院的侧门
剑走偏锋。新建的柏油路中间
是嫩柠檬的味道，是一群梦想者
乱步走到春风吹拂的下午
他们要和这个世界谈谈革命、诗篇
谈谈生活的意义。而生活的意义
就是今天要把所有的明天用完。

落日如冠的巷道旁
先知般坐着两位老神仙
一把蒲扇一局棋，
九十年代慢慢就丢掉一门炮
或者被将上一军
包括道路、旗帜、颓废主义者的返航。
懒懒的阳光提着你的头，除了汉语
解决世界纷争只剩下冰凉的刀子
刀鞘里，三两热血，七匹傲骨。
流苏在夜风中飘荡
飘出多少场异端者的爱情。

想起这些,黄昏糊涂,街头牛仔裤鲜亮
又一群披头士剪成小光头。
而枪口水银泻地,多年后误伤了自己。

以醉为纲：诗人李亚伟的乡村家宴

集合起来：黑山羊、黄辣丁、鳜鱼、鲜蘑。
集合起来：密林的飞鸟和夜钓者烹煮的黄昏。
我五脏作揖，摔杯为蓝天
我喝过九州十二府，以酒小天下
这一次，终于要醉卧李家温润的营帐。

字字珠玑的天物，埋进花和椒的海。
穿堂风通过夜光杯洞穿六腑
那彻夜不熄的炭火，让所有人胸中银碗盛雪
让所有情怀释放，落满抱头痛哭的雨。

即使转三世，也能次次相遇的才是兄弟。
以醉为纲，喝下沟壑和天堑
喝下世事的左和右。
明天，我们都会成为醒在旅途的春日的脸。
打马东去，大地上只剩下你的河流我的山岗。

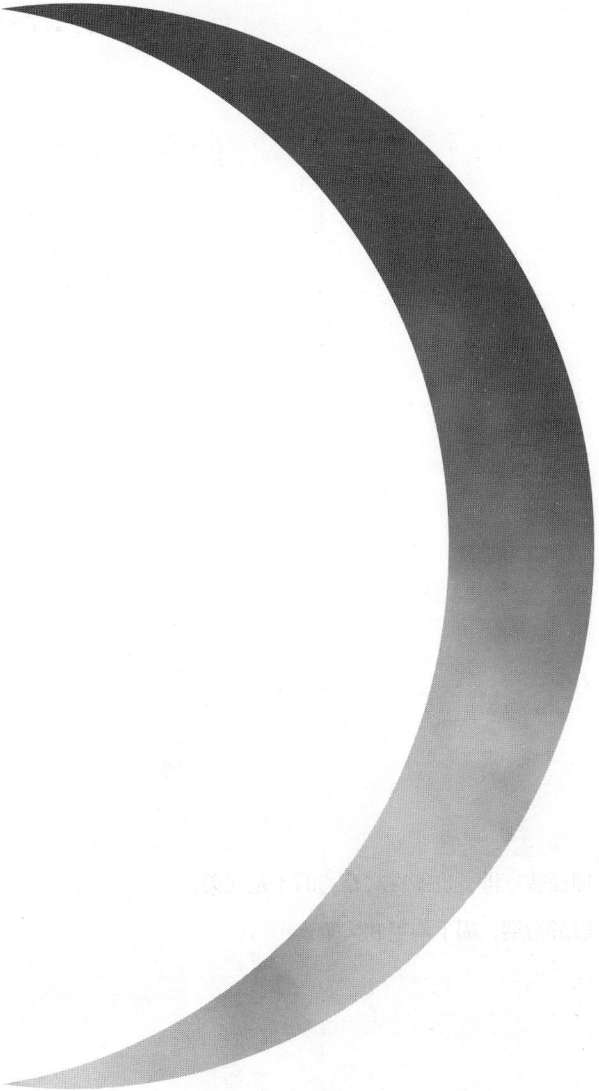

前世送来的痴心终究没有断掉今生的妄想。
这一世我满身污垢，贪恋红尘应对太多悬而未决的爱情。

ALONE
WITH THE MOON

明月陪

×

卷肆

明月陪

熊耳夫人的身体

其一

城破时,你闪现在街头,斜披皮裘
身裹金露梅的暗香。
四周惊起麋鹿被围捕的脸
绝望、失措,陷入困顿。
战争毁掉的一切,都是你曾爱过的:
炊烟、市集、昨日的夫君。
这版图和你无关
南北对弈,天地棋盘
这纷争太久了!黄袍落进谁家院?
谁能结束悲剧,返回河流,安营扎寨。
如果你是胡马,你不会度过阴山。
如果可能,你宁肯从没离开草原
你愿意大汗的马蹄声
只是夜深时胡琴的急雨变调。

明月陪

但是现在,你垂首弯刀下
目光低于饱满的乳房
你想起昨晚和熊耳的最后厮磨
他的啜饮、情话、鼾声
遥远而窒息,仿佛夹杂大雾的梦。
死亡就是预兆,当熊耳尸呈眼前
你被他深度抚摸过的身体
幽然发凉、发紧。只要能活下去
亲密的人可以形同陌路。
你扮演旁观者,在骑手和屠杀之间
选择成为金露梅开败的模样。
实在无力啊,以家眷、以寡妇的身份
去领回甚至辨认出熊耳的尸体。
你不知道内心的图勒河是否该继续涌动?
拥挤的难民中,你的身体明显衰老
是独自被风吹走,还是重新变换身份?

世界只剩下器官的茫然。

你身体的冬天和夏天

突然就想关闭所有季节和白昼。

其二

美是无辜的,但爱有可能强加于人。

作为游牧系的新遗孀

伴飞的天使正在沉沦异乡。

当南宋的将军眼里探出情欲的葵花

你酡颜浅笑,假装若无其事

只悄然垂首,盯紧他悬挂流苏的腰刀。

唉,苦水灌溉的女神

一相遇就成为肉体的俘虏。

你蒙面,乘绿轿,随波流进钓鱼城

明月陪

驿路的鹅卵石窸窣
碰撞的人生既高低不平,也覆辙难收。
你假未婚之身,尽管夫君尸骨刚冷
他借义妹之名,尽管每夜会潜入你罗帐。
唉,乱世的容颜,未流出的清泪
只能用国色偷渡,用天香隐姓埋名。
那么,赴死和毁掉的能否重新回来?
悔意是否粘贴过牧歌?露水行舟
将军的白马驮着你跑过古旧的城池
月光下,清凉被薄欢替代
如果活下去是花朵的本能,那么
你以义妹的身份是否真的爱上过他?
或者,宠幸已成习惯,帐前的热酒
市井的青衣,后院的暗香。
你仿佛忘了图勒河忘了游牧往事。
也许偶尔会念及草原,还有熊耳的孤坟

但马头琴深埋，记忆已被冰封
你不想拆开，更不愿弹奏
只能在妻妾之间穿插。良善难于苟且
你很多次陪伴将军走遍南宋最后的孤城
那些日子，风俗不同的烟火让你泪流满面
尽管大汗的铁蹄咫尺交错
但人民和土地原本相知相守
他们热爱过的三江和百川
其实和你痛饮过的草原和河流极其一样。

其三

铁骑围城的日子，万户挂白霜
将军常常在夜啼中醒来
你用丰盈的身体，浇灌他遮掩的虚弱

听见街巷风吹铠甲的声音。
你是草原的女儿，认命南方多年
当身体换取的锦绣，击溃家乡的漫天繁星
你模糊前半生，整理偏安日常
直到熟悉的狼烟重新点燃
直到长生天和松柏的味道迤逦唤你
是啊，另一个身份被记起。
这之前，懦弱的宗庙滋养腐朽的热血
幼皇和十万臣民葬身崖山
将军一夜白发，全城缟素的迷茫中：
帝脉断于大海，朝代该何去何从？
你在活着和赴死的选择题里
偶然撞破将军隐藏的心事
那是两行青史和满城生灵的抉择
是啊，在道德的旗帜下

族群的命运是否可以重新起卦?
将军沉默,沉默于一个国家的迷途。
你起身燃烛,指认逃逸的前半生
想要挽救摧枯拉朽的弱国冬天
你的菩萨心肠,诞生和平息悲悯的美。
腊月你留书后院
素颜出城拜见雏鹰时代的兄长
他是敌营的首领。在金盔酒杯的重逢里
他紧锁眉头,最终放弃屠城
其实生命平等,原本没有敌我之分。
只是构陷就此开始,你不知后来的几百年
从正史到野史,唾沫占据上风。
易帜的时刻你在蒙古包里沐浴
有三十六人殉国的消息传来
你骑上马带上金露梅的身体回奔钓鱼城

你心里的北斗带着你带着风干的泪痕
夕阳下,你看见你卸甲的将军扶城遥望
那一刻你确认自己的确曾经爱上过他。

明月陪

注:元军统领熊耳的夫人。熊耳兵败身死,夫人被钓鱼城守将王立俘获,因其娇媚貌美,王立认作义妹,暗中实为小妾。崖山之战后,元军再围钓鱼城,为一城生灵计,熊耳夫人力劝王立易帜,并前往元军寻带兵堂兄游说,终使钓鱼城免于屠城。

杀青

他孤悬在看日出的山顶
然后回头说：我想讲一个故事。

三米外，群演像安静的鸦队
聚集在波浪形起伏的风里

他缓伸双臂，对天空作最后的报备
他纵身，跳出苔藓密集的悬崖。

电影杀青，导演下落不明。
有人说：他的故事只讲给寡欢的流云。

远去的手风琴师

她拉散蝴蝶、婚姻、诗句
拉出阳关和卷发的清晨。

一琴独行足以冷冻余年的光。
她看见折叠的纸鹤醒来
从墙上挣扎出暴雨后漏风的窗。

远走难道是破局的唯一手法?
她在高铁上回望深爱的城
风雨起,儿子留存早秋的琴房。

解散的婚姻依旧拖累方向。
琴键按下,她在黑夜里向隅而泣
这异乡人,又要奔赴异乡。

那些熟悉的街道就要被替换

还有胶漆的暗恋。她听见惊雷
滚过心底,那是生活喘息的声音。

集合心疾、行囊、离酒。
她拉琴,把自己拉出了重庆。

遗忘者之书

你总会在初夏时候想起冬天的坚冰
擦着蓝光消失在星空外。
如果内心有一座停车场
你愿意用来组装海水、沙滩、鸥鸟。
组装炉火边朋友们的酒和诗稿。
当你一个人,会想起年代的放映院
木吉他远逝了沙沙轻响的合欢树
捏着票根的手,探出狭窄的邮筒
鹿撞进姑娘的南墙。
你别上罂粟加入过红围巾的队伍
踩着语言的冰刀
读诗的声音迫切、冷峻、迷人。
呵,按捺住曙光退入黄昏,你可知道
擦肩而过的是痛苦而不是自由。
你看,封锁在内心的力量太过强大
突如其来的拜访谁也无法拒绝

当你提笔想要说出,词语纷纷脱缰。
你怀疑有某种神秘的力量
正在把破冰时刻重归于沉默。
你怀疑一切的老去,都是遗忘的齿轮
卡死在往事的钟表上。

独酌雨事里

其一

春风招摇,李商隐踢翻了酒杯。
夜雨是谁派遣的病根
每一滴都在怀乡
而且自成襟抱。

枕边和窗檐有两种声音响起
一种是风在写诗
另一种是雨在背诵。

何人相邀?渝州城水漫河堤
雾气里未见路和栏杆
唯一的影子来自酒杯
来自驿路催发的清冷邮件。

独饮者负手官渡
想起某年春宵
风送花团,一夜的清明雨
温熟睡懒觉的美人。

其二

这背时的相思,拒而不能。
蛛网里昆虫合欢
死水深处游鱼拥吻
什么样的本能,会在伐猎声中
释放原罪?心如果空出来
还可收复多少失地。

雨叠着雨,落遍刺绣的衾帐

明月陪

谁家少年走出西厢
披衣独立,眼里春水成灉。

雨旧了,生死都是丧事。
点灯的人迷路何方?
花旦挥袖,甩下陆地和桥梁
青衣撑伞,走过弯曲的丘陵
谁的碎步踩痛黄昏的江水。

再晚一些时候,灯火亏空城池
爱情在南方下岗。
那菩提已不够染尘埃
春风颓废,李海洲踢翻了酒杯。

很多年前的夜晚

那个夜晚风暴如纸
落满所有街道的荒芜和空旷。
歌声中,热血涌向翅膀
他们能否迫使这个锈掉的冬天
呵出艰难的暖意。

怀念的烛火,追悼的不仅是逝者
还有幸存者模糊的未来。

先生燃着烟斗解开锁链
和他交谈的勒庞,放下鹅毛笔
叹息里有深深的雪意。
在固有答案里寻找破题的方法
他们点燃过的真相
能否照亮谎言中摇摆的人群。

那个夜晚触手可及

近得像很多年前的夜晚。

当理想死灰复燃

很多誓言再次被提及

很多诗篇,只能用青春去换取。

孩子们终于一夜长大

他们挽着手唤醒黎明

整夜唱着熟悉的歌

他们泪流满面地走过大街

身后的雪花,很多年后都没有飘散。

注:勒庞,法国社会学家,《乌合之众》一书的作者。

想象过日出

凌晨我们在网上饮酒直到沉默
用口语诗的手段遮掩、交谈。

二十分钟的酒
十八到二十五克的冬天。
话锋之外,很多冰片偶遇。
我们打哑谜
像蜜蜂撞进车间
像等待日出的旅者忧心忡忡。

下一个凌晨你关闭镜头
我能嗅到酒意凋敝的理由吗?
怯懦,勇敢,蚁群的底线
你说:另一国度的躲避或迁徙。

你说:人类的车灯还将暗淡多久?

而捕猎者落入自己布下的陷阱
夜晚有多深远
道路就会有多无辜。

凌晨我们没有醉
骨头也没有。
想象的日出终将到来，恢弘万物
尽管等待如同海岸线漫长。

明月陪

某个星期一的房间

心里注满的海水是栅栏状的
困兽难以冲破。
你以前的爱正在失踪
仿佛要去迎接某个换骨的时刻。

沉默,苍白,纳垢每一天。
人们藏起来
头颅在各自的窗口错落。
以书释怀的灵魂,想要救赎不幸
但风吹弯了膝盖
吹慢叶芝的病。

透过飘窗,落日的城市微卷身体
映出磅礴的暗花。
几条安魂的街道,敷衍其中。

幽闭的走廊传来邻人的脚步

偶尔的清嗓声

让世界担忧。那小咳嗽不太真实

夹杂陌生和难堪

封闭着大部分阳光。

抒情的墓地荆棘丛生。

远足变成绞刑架，你倚窗观月

预言没有成真

你白皙的青春不再回光返照。

明月陪

一首情诗

我多么年轻,多么想你。
风吹过白栅栏,留下王妃。
风终于吹过,我是风中你丢弃的王位。

送给你的朝阳,请转送给落日
寄给我的燕子,我已送回春天。
腰挂蔷薇的李家码头,冰封住了美色
状元的宫花谢在爱情的奏折里。

请带着我潜泳,去渡过王的廊桥。
在美人鱼的后院:你身世清白
有些小叛逆,晨起被王重新爱上一次。
我看见天上的星星
是从长江点到你家门前的灯。

就让时光开花，人间由你掌舵
在天和地之间面对面相思。
一生或一秒，足够风吹醒南北两岸
足够生活因你而被绝望退回。

来吧，今天就是未来
燕子就是春风。
我在绿窗下为你写诗
像个古人，像藤萝挂上云木
像颗星星别在你的发间。

明月陪

重返观音桥

我会在旧影集的北窗下遇见你。
那时候江水就是家园
底片的柠檬黄模糊着老时光。

那薄雾中消失的回忆值得酩酊
那薄涂的诗篇崛起瘦金体的繁花。
爱人们热恋的消息
正在从往事的彼岸传来。

我会在油画和川剧中重返你。
那应该是雨天,戏台上悬挂新绿
人们反复梦见过的城和桥
刚刚完成一场罗曼史。
当生活的涛声响起
所有的未来都将握手言欢。

那收尽世间颜料的画板已打开
那原本明天寄出的书信
今天却已提前抵达。
而明月高悬,春风正在渡过此岸。

下蛊人不在

你多年前种下的蛊还在
夜深的时候会被春风引渡。
雨声埋在离心脏两厘米远的地方
潮湿从未停止,偶尔的疼痛
让滴答声更显空寂
无论一万年还是一天
任何时候闭眼就能听见。
那身影清凉薄欢
仿佛苹果低垂黑发前。

你下蛊时送来的向日葵
余温尚存,后来种在绿孔雀枕边
天上有多少星宿
心间就有多少碎羽。
你送来的命运只和我有关
粉黛草开在樱花树下

四周响起猫群唤你回来的声音。

即使肉身化为灰烬
你种下的蛊还在,依旧萌芽、抽穗
甚至根植到来生。
下一世你会在哪个路口等我
或者在哪条街道和我走散?
雨声和风声埋进梦的阳台
命运牢不可破,却又登然远走
我们难道不是两个相互迷路的人?

明月陪

山城雪事

第一首

还没堆积出世界
唿哨声已经遍及南方。
这荡漾,三十年相逢一次。
这白头的花
围炉煮酒的天涯路。
漫天神佛布下委婉曲
一城都是普希金
可以诵出
重庆或西伯利亚的幽独。

第二首

少年的罗曼史藏在一九九一。
初雪的十二月,崖高路远

青春像不省人事的梅花
挂着鹅毛的釉白、理想的蓝。
夜晚挑灯，卷心菜配合煤油炉
煮熟了往后的天下。
一九九一停在一场雪里。
那是粗糙的青春
那是虚荣、骄傲、激烈。
谁也没想到，要在三十年后
天空才会安排他们重聚和回忆。

第三首

南方的心情北方不懂。
幸福可以晕厥
战栗可以泪流满面。
那铺天盖地的银针斜穿过所有身体
那欢乐本就无须掩盖。
大地是床榻，天空抖开白色的被面。
如果不寻欢作乐是有罪的。
心里的梅花应该开了
大雪覆盖的日子
你必须怀旧、烤羊、饮酒。

列车下的老屋

它躲在紫薇树椭圆浓密的阴影里。
一抽屉雨后的光
像突然哑掉的诗句把我找到。
埋伏在大脑里的场景
从枯竭的井中涌出青苔。
而庭院黯淡,雨水顺着琉璃瓦滴落
唉,多少生老病死
远如暮光炊烟。

我是如何回到这里并清楚看见?
它拆迁多年,被发亮的铁轨替代。
那棵紫薇树,叶脉长,生于1937年
现在和很多人同时下落不明。
只有祖母站在台阶前,慈悲得倔强。
我想回到这里,整日整夜用梦赶路。
而它已消失二十年。

而它在悬顶而过的列车下
从没发出一声低吟。

洛克的西昌泸沽湖

你和你们的部落从哪里来?
骑着裂湖鱼和羽毛
骑着一群雨点般奇妙的野花
贯穿森林、秋水,往事的偏旁
你在岛上,你的朋友在余恨的河床。

回忆就是悬崖断头。
那支时空的桨,探过咒语的背包
你用皮靴拼图二十七年
拼出遗株、山峦、巫师的符号。
你用中文,狩猎半生眷恋。

该以什么方式变为湖泊?
你这条奥地利淌出的金发支流
被植物学的细浪席卷到密林。
你编辑阳光,叩响祖母屋

身后,春色摆渡,芦苇摇落星辰。

当牦牛吐诗,眼帘升起积雪
相约终老的帐篷换了主人。
很多景物,像小雀花挽手开得遥远
临危你躺进夏威夷白墙壁的病房
含泪想起异国的猪膘和果浆。

明月陪

初夏夜访摩梭人家

这院落的星星比我十年见过的还多。
发辫秋千般荡漾，万物沉迷
我怀里低头行走的南方
突然有了引颈而歌的欲望。

阴性的词扬起百褶裙的铃铛
月色扬起我。
悬挂在花房边的软梯
何年何月会为我沿窗垂下
我该如何攀援？
去追逐秘密飞行的天使
蹚过荆棘，驱动心灵的海拔。

这初夏夜，篝火温熟酒和古人群
水波撩远的船只
船只下失踪的裂湖鱼、狐皮帽

是否该在姑娘们的歌声里集合?
我惘然若失,想象口哨悠远琴瑟
她们遥远的氏族史
钟摆般晃动剑齿虎的丛林。

这院落,佛堂前铺满植物经卷
陌生的城堡在腌腊里沉香。
金色的舞蹈啊,把月色劈为两半
一半在这里留守
另一半我带回南方。

明月陪

双桂堂下前世客

其一

我怀疑某一世曾来过这里。
破帽遮颜或披发仗剑
在佛前诵经到天明
不为万物和女施主所动。
我深居这青灯常挑的旧时禅院
四更的竹板声敲落，我清扫雾水
修炼功课，送星宿归隐。
我是那飞檐上的风铃招过的落魂
还是破山门下听经的沙弥？
我无法寻回前世
这钟声多么熟悉
每一声就是一个朝代。
佛墙冰清，诵读的经卷仿佛还在
但藩篱横生，我已无路可退。

我还需要路吗？身前身后洪水滔滔
我该怎样立地成佛。

其二

我的厌倦，如剃度时的落发纷纷。
半尺红尘，一丈弱水
我究竟想告辞谁的罪过
或者带去哪位叛逆者谢世的悲愤？
一切都轻若腐叶，庙堂孤远
我雄心消磨，割袍世事。
只记得剑匣里锋刃的跳动
一次比一次无力
那过程清晰遥远，让人绝望。
我多半是从很深很锈的江湖中来
赶过的路，长满杂草和断垩
我带着余生投奔这里
只想在画竹的夜晚悬挂落日。
那时候，双桂如华盖，我心若飞蓬
看见默诵贝叶经的师兄
正在为我推开月色掩映的禅门。

其三

前世送来的痴心
终究没有断掉今生的妄想。
这一世我满身污垢,贪恋红尘
应对太多悬而未决的爱情。
我这不速之客,终于借一场细雨回来
在紫荆树丛眺望前身
某些神秘意志仍在轮回、巡游
只有禅房里的万米经卷披挂月色
纳我于红墙之下。
其实我此生一直胸怀慈悲行走
在贪杯和贪欢之间悲天悯人
不被世俗的大多数看见。
那么,我今生有多少污垢
前世就该有多少场暴雨。
或者,我依旧可以重新回来。
洗净僧袍,折叠到内心
然后悄然离开。

娶酒三叠

1

娶一壶酒送给余生
我只沽不饮,回家束之高阁
偶有秋风生事
却无勇气吹开微澜。

它锋芒早歇
有四十年缄默凉意
它的陈香偶尔会穿过厢房走廊
仿佛老朋友雨后敲门拜访。

我在这酒气中写诗,泪含纸上
想让那些只爱喧哗的饮者
继续读不懂我的日月。

2

窖藏的年岁没有星辰
幽暗中潜伏,世事原本与它无关。

饮者的出现打破了一切
他们手捧深杯,躬身洞内
要把天地的余温
送进一场遗憾的酒局。
我想起好诗深埋枯井
暴殄者在席间肤浅和孟浪。

我看见高头大马停在洞外
粮食的小伙伴心照不宣地走散。

3

醉酒而歌的一群已经离开。

深夜月白,洗着风清
在文字里窖藏四十年的人
宁肯繁花落尽,书卷参破
也不愿轻易入驻这纷乱世界。

娶一壶酒送给余生
送给两个礼貌清洁的字词
让它们珠联璧合，独守苦辛
在我的书房里回答弦歌雅意。
毕竟，这世上少有深懂诗酒的人。

你看：一个孩子
在玩着水上滑板
滑板弯曲
孩子滑出了天边。

ALONE
WITH THE MOON

明 月 陪

×

卷 伍

明月陪

有容

> 我在困苦中,你曾使我宽广
> ——《旧约·诗篇》

1:葬

阳光放假了,我挂在八楼的窗
翻晒去年的你,和初秋暮晚的蟹黄……
楼下是太多的口舌、病菌
它们传播,要隔开我和你的车程。

天空总是堵塞。
很多时候,身体里如果不是空
就总是阴天,擦着同样的铅……
你等待的人在慢慢开出霉花
像年迈的鸟,在风雨中一点一点地老掉
我们叹息,奢望化为泥灰。

明月陪

小小的争执后,街道就压在心底
如果有一次亲密,就会多一分叹息
我们和水草纠缠,想成为释放的闸门
去覆盖时间的床单。
未来其实很短
你的眼里除了星形草、棉签
还浮动着灰暗的天。

你知道:我的旧欢都会在里面下葬。

2：秘而不宣

我爱你无辜的悲伤，没有虚妄
只是下陷。稻草掉入水中
你用腼腆来维持我的傲慢和虚荣
仿佛暖冬的午后，一只温和的手套
悄然套住我充满暗疾的生活。

你在猜测篾匠和荆棘的关系，是骨缝和沙，
还是切肤之痒？或许是后半夜的电话
——通向你摩羯的家门。
而我总是小感冒、瞌睡
活在被动的桃花里……像懒虫、老妖
或者遁世的烟。

也许人间的冷暖，就在口舌之间

就在路人擦来擦去的眼神里

但我们爱着，秘而不宣。

明月陪

你和世俗的抽风机一起

要慢慢把白羊座的水分抽掉。

那光阴如同线团，揉来缠去

却又把我们隔开，不能生死相许。

如果仅仅是爱

也许一秒的光阴会被拉长……

我沉湎其间，想到每天早晨匆忙的分开

你和那些出租车把生活扶起

然后，靠近又走远

像夏天把沙滩搬来搬去

——这是谁也无法弥补的小悲哀

它们交叉，让花边相拥

却不能连成一片 。

3：出租屋

除了往事的木靴，燕尔里也有泥泞
踩进我们的身体。
也有阴天、争吵的盐
和各自小小的固执。
然后是锡箔的体温——丰腴的烤箱
运来生活的米粥："小炭炉、姜片
药汤，两小时的文火……"
你弯曲着手指，葱花飘满前额
像流星在天空化渣。

总是有铁锈的气味
弥漫在周围。要慢慢饮尽世俗之露
要停下来，在白灰色墙壁的呼吸里
看佛指拈花、松针落下

明月陪

屋外的灯火在爬高……"是吗
人在叹息,人变得多疑?"
一个潜水者
翻开了松鼠的石榴房

隔壁是两个异乡人——两个小尾巴
爱情的营养过剩者
偶尔的交谈,让委屈多一点酒气
多一些方言里的清澈和混乱
而太阳在发芽——是鹅绒还是
蛋黄的模样?
它贴在屋檐的阴影里
让你看见我的位置

4:两个人的爱情课

广告系是你的爱情课,平面和构思
小棕熊的颜料……。你在为谁创意将来?
"多么好的搭配":你的设计
我异想天开的策划。
我们的智慧可以让哑巴开口,让石头
变为祖国
——却无法到达一些词
比如自由、作弊。而另一些词
却又让我们相见恨晚。

你在电话那边叙述:天气、身体
夏天的细菌要发芽……
在此之前,我困入楼梯拐弯的写字间
叠纸飞机、涂抹你眩晕的小黑痣

更多的时候,是准备着爱上一个梦
直到它变老。

明月陪

我们像两只爬进蜜月的瓢虫
爱情里都是新鲜家具的苏打味……
你在波涛中不愿醒来
我侧卧其间,让眼睛关掉灯、时代
关掉那些怀疑中的不可知
它们凋谢,在预料中入土为泥
在泥中成为别人的墓地。

而另外的设计课里:白色花在开
前世的云朵掉进窗台
我慢慢转身,抛开熟睡的生活
以及那些敲门而入的文件
——我要把自己通过短信发给你

5：隐或生活的慢车

多么想安静下来。离开领带、职位
和工作的繁花。安静下来，写书
做爱、流浪。也可以和竹篮漂入菜市
去买回年华的短斤少两

如果是老家县城的板桥街
那里生长着年少、张狂、几纸傲骨
不远的地方就是祖坟
我们的散步轻松、徘徊？经过那里
经过野苜蓿、铁一样的麻雀……
当小风过路
我们的身体慢慢传出汗液、战栗
传出突然的冷……
那是已经和将要厌倦的活着

惊动了道德经里的半张休书

更多的时候，生活在矛盾中开着慢车
无缘无故地老掉、叹息和观望
多么奇怪，多么奇怪的灰和灰心……
你小心地挽着一个时代的问号
走进那薄幸的青史地……
这是谁多年前掘开的井
命运注定你将和另一个人一起深埋

其实是生活的繁花
凋谢着奔波的前程。在怀旧里纳凉
昨日重现，天空将要被花蕾记忆
你知道未知的太平洋
在慢慢长出石头。

6：后主旧事

写完这首诗，我是否应该睡去？
大梦春秋、有容乃大
坐在重庆夜晚的台阶：落叶西卷
历史之书斜翻
你目睹倦容中的后主：饮酒、吞药、渴
他要用身体，去解决掉命运的王朝
让几千年变为一天。

这多么相似。晚宴后，心里的糖变苦
男人们在讨论：家、钱袋、紫药水……
更多的是贪欢的针剂
被生活从一个房间，注射到另一个。
你要从中分辨我浮华的模样
区别不同年代里，两个后主的叹息

是啊,书剑飘零
夜晚的关节里发出失眠的声音。

明月陪

——其实我是你的祸水
而你是我太多虚荣和理智中
茫然的部分。如果从沉沦中回头
也许是另一种沉沦
仿佛南唐的城池,即使有献身者的热血
也不够一次盲目的忧伤
你知道:很多人在称赞秋天,而更多的人
在秋天的夜里颗粒无收。

是啊,仍然是风的模样。生活和守旧
理想和道德……
一个人是否可以固执终身?
你不需要说辞,我也不要

即使是一杯毒药，我们也幸福地吞下

你看：一个孩子在玩着水上滑板
滑板弯曲
孩子滑出了天边。

7: 片刻漂浮

总是担忧我的胃、身体和坏脾气
担忧我会突然像巧克力,在你的生活中化掉
"为什么队列里总有那么多踩错的步调
为什么青春和命运,总停留在杯盏之间……"
你的疑问,糖纸一样被夜晚舔干
然后融入一个无畏时代的
茫茫铁锈里。

很久以来,我们都在面对
与"老"和"回忆"有关的话题。
你在设计纸上小跑:一套 VI,一张画像
一堆与史料有关的出色答辩……
我在凤尾巴后面,燃着炭炉
卷着诗书,看黄昏就寝
看身后的江湖波澜不兴

然后，在岁月的毛边纸中慢慢飘散。
——这都是理想者无辜的痴人说梦
它背道而驰，用仓促的电话铃
把生命，从唐宋拉回重庆
一直拉到李海洲枕边……

而桂花又要开了，燕南飞
一个眼神就过了一年……

总是怀疑写字间和天才的关系
怀疑那要命的黑白底片，能否承载
针尖掉在风中的低鸣……
你有绵绵不绝的问题，也常常"懒于思考"
我守着怪僻，写诗给自己
或者看模样陈旧而又消瘦的家乡……
是的："隐于苍凉
——苍凉在越来越远的黑匣子里。"

8：女庄梦

这城市开始降温：降下一场柠檬雨
卷着毛衣做梦的人梦见了冒险。

18 摄氏度，你仍然在颜料中
而我提前成为你的插图
或者插图上涂满亮银的曲别针
我被安放在左边，你用右手哭泣
哭泣着爱——那争吵中的一小罐浓汤。
沙发边有一截黑的太阳
我是花椒树，在你的雨中湿透。

茴香的人群
像去年的体温那样年轻
你貌美如花，说着语无伦次的疯话

随手点燃了城市和身体
你在我的思想里打更,让皇帝不早朝
让我衰败,埋入潘安的前生。
十二点后
我梦见了自己失声痛哭

其间,有人上下楼梯
或在过道徘徊。再后来出现了刹车声
抽屉的堵塞声、十字架……
你梦着花烛,而花烛熄灭
漆黑了房间和东方
你梦着经期、牙、良好的肾
转身,你梦见了我。

9：偏安曲

2003，地图上绣满火堆
领航员在关心舷梯，它是否会被
天空接肢？而我只关心你
或者以你为王。

身处社会的中游
我不能被生活用旧
在落日下，偶尔的颓废、偏安
会让镜子瘦下来。我要用你的画像
去隔断后半生的草莽
然后开始写作
写下荆棘的重庆、果酸
一剪而断的物价——写下爱
倘若皱纹能够记忆

记忆就会复活。写下岁月的大盗
偷走了青春
也让纸包住了火。

更多的闲暇,是细心研究生育
绘出居家的笔记、素描
或者做含泪的礼拜
共享蔬菜的昌盛
有时候自卑会像领结
系住你的呼吸,你不要
在八楼的窗下跌倒
你应该伐木,或者取出钥匙
去裁开迷路的地理。

如果来到沙漠的缺口
你就是一杯可以成为源头的水

如同一片胃药,可以成为医院。

慢慢帮助秋天和我:

摘掉落叶、嘲讽,和总是被中断的

假期。让它湿润

神秘起来……

去亲手开采出地底的虫鸣

和煤……开采出我。

然后共同去弱水里放牧

——那是在大泽之侧,云朵卷动:

羊会成为你,你会成为草原。

咖啡慢

1

深冬的石板路,带霜的梧桐
有两个人飘零着街道。
那场未完成的雪事,挂在欧式的窗檐上
挂在岁末的后记里。
一年的叹息,像下午低缓的时光
被漫长的寂静印成几小朵暗花
一朵用来怀旧
另一朵用来调整命运。
墙上的挂钟,仍然是你离开时的样子
角落里似曾相识的人
温婉出光线黯淡的南方。
那盏微微晃动的六角形琉璃灯
照着心底的大海
也许会照出不可知的憧憬……
萨特和波伏娃,正在忧伤地死亡。

2

冬天深到春天苏醒的时候
老式唱机在寂寞中沙哑着流年。
咖啡师打成泡沫的牛奶，冷在婚姻的中途。
靠窗的雕花木椅上
生活的咸淡像一场民意
依然带着两个人辩论的余温。
啜泣者和宽恕者，当他说出模糊的往事
星星就亮起来
映出秀发披肩的脸。
在眼底栽花，在心里种草
呵气成雾的日子，冷寂多么幽深
仿佛从薄霜里抽出的梦境
两只狐狸，悄然滑离了社会的舞步……
咖啡师调制着时间的减法
乳白和微黄色的液体间，原料化掉
深情的人一再迷路。

3

一札焦黄的照片、一锹发脆的记忆
被图钉装订成一格一格的寂寥。
茶色风扇把心转乱,天暗下来
生活的教堂里
修女从红墙探出头
昨夜的梅香,压住她黯然消瘦的乳房。
藏在宽厚袍子里的牧师
慢慢从烟花走到柳巷。
隔着十里烟雨路
那袭琵琶襟的旗袍,可以通衢
也可以挂在蔓草摇曳的民国巷口。
如果时代向左
生活是否可以靠右?
旧时光里漏下女儿红。一枚胭脂扣
扣死过多少飘零的风月?
上个时代的气息,也许就和今天一样
我们喝着咖啡,低下头的时候
两个人的影子变老
时光要把他们订在明天的墙上。

4

从冬至到小寒,我经历着三场怀乡病:
诗歌、生活,以及理想。
梦的十字路口,心痛的汉语亮着应急灯
它要等待那个抽身而去的人
绿色梅花开出白色江山
你应该默诵诗篇原路返回。
理想在选择下一个入海口
曾经的激情,让我们纸上相聚
也许是观念的分歧
两个人失之交臂
相忘于一贫如洗的大地。
只有生活仍然是绝句的模样
每一次带泪的吟诵
都意味着身体的聚和散。

你的奔波、热血
青春课程里此消彼长的厌倦
十年后化土为冰
印刷在新闻纸不被理解的另一面。
下一个预言里,谁开始率先退场?
而雨凉如故
岁末的列车正在抵达中年。

5

可能要相拥五分钟那么久
才会忘记落雪的社会、道德的贞节。
两杯温情的咖啡
羞涩的青丝无法理解的苦闷
要到发白如银的时光
才开始慢慢回甜
甜到生命和泥土相拥的回望。
我们浇筑的蜂巢还在吗?
喁喁私语的两尾游鱼
在休书和氧气里,让冬天冷着离歌
脱下束缚的花衣裳。
可能要回忆一生那么久
多年后的某个黄昏
咖啡冒着热气,你忆起我年少气盛

落雪的幽独里骑着白马。
我想起你青春貌美
推门进来的时候,油纸伞上
仍然飘着 2010 年的雪花。

6

天色微寒
他厌倦晚餐前的邀请。
远游归来,悄然把河山关在体外
灵魂出让给阴郁的冬日。
世界敲门的时候
他仍然沉睡不醒,身体里的暗礁
像一个疲倦的总统
颓废地和谈,或者进入预料的僵局。
许多人想在春风里升上去
而他想落下来
从不朽降落到腐朽,从原回到罪。
这就是一个人的底线
理想换防,黑白胶卷里的特洛伊
铅灰色里出现海伦的面孔。
世界多么无知,胃寒,齿冷
冬天渐渐深了
他慢慢把自己关在地球之外。

7

街景黯淡，季节的颜料泅出黄昏、星星。
冬日的重庆是一张画板
我们是调色的情侣。你是罂粟油
我是亚麻仁
咖啡馆是冬天里明暗调子的玛丽湾。
带着天空飞落的灰雀
站在泡梧桐的眉毛上
它是这寂静时光里唯一的客人。
我们调制着颜料
调制着一只关猛兽的笼子
——刻刀关住了我，却放出了制度。
小风吹出的花瓣
荡秋千般起起落落，
却被轻轨碾为冰泥。
你一直在薄涂着自由和默契
而我是你永远涂不出去的外框。

8

蓝山的酸味,适合寂寞中湿润的人
中美洲沉湎在杯底
花医和药农,黄昏时走出庄园
杂草般潮湿的情欲
慢慢深埋在荡漾的一杯黑暗里。
继续着牙买加手艺
咖啡师用一根银勺
从冬天的身体里取出一块冰
取出生活、旧衣服、汗液
这些寂寞中的柠檬酸
和咖啡一样,来自麝香猫的粪便。
整整一个冬天是多么漫长
佃农在雪中消瘦,有足够多的时间
他们独享着高海拔的屈辱
如同现在,蓝山孤单的酸楚里
你可以在寂寞中打烊一小部分人生。

9

老式唱机的沙哑声
解开了枯枝上的败叶。
那风里的少年,围脖洞开
或者手持美人像在吊脚楼下叹息。
中间隔着沧海
隔着灰白的耶稣的路。
你眺望过的万物,就像一本劝诫书
洒满迷失的灰。
天堂还很远,春天还在途中
你看见了吗? 物是人非的重庆
幽深、清冷,裸露着从前。
你想起那些离别,雨夜里悄然远走的友人
想起比初恋谦逊的黄昏恋
——是该埋进半杯咖啡里
还是窖藏在一壶陈酿中。

10

像春天骑着一辆单车慢慢赶来
旧画报一样的音乐，用木结构的屋檐
用青苔斑驳的颜色
慢慢抵达霜降后木格窗边的眺望。
有一种肉体上的安静
或者思想上的懒
经历着沙沙走动的美和自由。
黑色唱片在证明：忧郁还活着
忧郁需要赞美诗。
半透明的薄膜密纹
唱针织出的古怪画面印在淡黄的墙上。
就这样无所事事地老去
意志是拿来消磨的
游手好闲是躺在雕花椅上的江南。
煮一杯咖啡吧，一句话也不说
我们很快就一起变老。

11

阴云的推土机,推出铅灰色的下午
睡吧,民国光线中的青年
日子大废不堪
咖啡馆是买醉的摇篮。
那些风流韵事,被晚雪的簌簌声
盖住了幽深的睫毛。
梦可以接纳一切
生活的屠刀,可能会在梦中变软吗?
沉沦丛生,让沉沦
想起耳鬓厮磨的理想;想起年少时
墓地上跌宕的衣冠。
那些未开的花
和你一样,下午就醉了
碌碌无为的人间,遁世的青年
还在用汉语寻找天堂。
小酣后,咖啡馆里香气优雅
远处的烟雨街,一个捡菜叶的女人
勤劳而辛酸地走过
她和此刻的你,形成鲜明的对比。

12

把持不住的，终于被霜寒吹熄
信念、美、自由
喝咖啡的姿态。
原野入怀，解冻前的铁锈色
像胸中捂着盖子的春天
如此斑驳，抽穗的欲望孤寂地萌动。
有几个黄昏，天空贴着玻璃
蜷缩在藤椅里的人，远望这一切
远望冰雪锁住的外滩
而暗流涌动的沟壑
就是他怀中迂回百折的愁绪。
如果不在想象里腾出一些位置
也许放纵就会让他瘫软，变为稀泥。
独立檐下，仍然没有钓到那片雪意
黄昏的咖啡馆光线黯淡
脱缰的人枯守冬天
也许，没有人能对孤独把持得住。

13

在幽闭中听眼睛说话
咖啡桌像小姨娘，监视着两个人的言行。
你从晚清走来
但又活在宋朝的光线里。
那个叫小潘的妇人
后来把坟墓从阳谷县迁移到咖啡馆
我和她的会面，隔着落梅和酒
一地偷窥的头颅
撞坏在道德的南墙。
是欲望的扁舟，将我们发配江南。
能否请历史把演义重写一遍
写上醉生梦死，男欢女爱
写上霜降时，狐裘和香气湿了除夕……
而小雪就要到来，官人负手临窗
炭炉上的火，冷着身体
冷着情色的屠杀
那对露水夫妻
自己怎么可以选出一个社会？

14

春天还在一辆慢车里
就像逝去的日子埋在往事的咖啡杯里。
寂静的教堂,牧师修剪经书
弥撒声清洗着大地的白头
清洗着黑色衣兜里
冬天写给春天的绝交信。
诀别中踱步过来,从怀中取出落日
取出潮水和尘埃里的皇帝。
回到前朝的两位王妃,一位叫绝望
另一位叫灰心
她们靠在阑干上吹管弦
霜降的夜晚
她们把自己在冬天的深处吹散。
如果大地被关在风雪的门外

如果薄酒独自成冰,怅惘和追忆
能不能从逝者漂泊的木棺上
长出洗心革面的花?
咖啡馆熄灭了小炭炉
熄灭了旧的一年
如果是孤寂,就让它继续加深。
如果是旅程,就让它没有终点。

秋天传：二十四歌

1

我将在 120 岁的时候睡去
在下一个人写到秋天的时候醒来。

2

夕阳就是曙光
年龄盖住爱情的马脚。
秋天里，落叶要回家，脚步踩在秋虫上
这灿烂的、想哭的速度
让远方幽独，人在菊花里。

3

谣曲从另一个世界传来,从泥土里。
暮霭很低,祖母的果园
挂满许多或紫或橘黄的颜料
往事肥沃,静卧果树下。
清白的族谱忽略着时光
站立其间,只有我是青涩的。

4

饮下一饮而尽的蓝天
饮下菊花与刀。
马蹄踩过落叶,皱了大地的妊娠斑
这黄昏寂静如潭
左右着忧郁色的山峦。
看吧,火车开上键盘
落木下醉卧着衣冠。
结庐相拥,太阳放出月亮
醉死在一首诗里。

5

野花开出南方
谷垛上长大天边和童年……
母语灿烂,落日里隐藏着山川
哦,这怀孕的祖国
草叶上飞走的李白
一花一木,都在自然着平仄。
这一地的抒情诗
一地的流水流出江河委婉。
两只大雁
明确着天和地的关系。

6

河山从绝句开始
从亮镰中收割出黎明。
我从你开始。弯腰摸出幸福的氧气
我想用弹弓打下飞机
打下重庆城。
这是暴动的秋天
激情,从为所欲为开始。
这是繁殖的秋天
妇女乳房丰硕,祖先入土为安。

7

在无可挽回的离别中
枣花接替苹果花,开出下一季的雨天。
祖母躯体清雅,对襟上细密的盘扣
相互紧咬着抵抗坠落。
风干的石榴房
仍夹杂着粮食和藿香的气味。
消逝不可避免,如同桑椹掉下藤蔓
回到蟋蟀悲鸣的泥土
两只白鹤目睹了这一切。
秋天啊,秋天取走了燃烧的人。

8

青山欢娱,丢进水里
也丢进摩梭族的池塘。
鱼群运来蓝色水泡,运来憧憬。
鸟纵,草木深,
河湾上的石板桥
像站立的裤管铺上一只手
命运和落叶随波逐流。
老子写诗,儿女画画
地球的纸上,风在深山像萨满在尖叫。

9

此时,小新娘走下豌豆花
童年的树木比肩而飞
大地阡陌寥落,木槿像紫色的签名
被季节起伏着收藏。
画地为牢的先知,结束劳动改造
走在星斗下。
他少年时代的婚事,懵懂的青春和热血
最终雁过无痕
回到秋风的遗忘里。

10

我将穿越季节的波涛
去看望秋天的你
像一头狮子睡在你门前。
准备好的船只
搁在短信里。
我会带来浆果、盐,和一些生活的经验
我会让秋天的皮肤落满闪电。

11

我要带你去长江的波涛上开房
看彩霞微黄,咬着沉鱼。
我要和你贴水飞行。
浪花是凉席,江水的被面上
绣着我们两只鸥鸟。
大地被释放了吗?长江是秋天的早茶
钟摆般挂进繁星的营帐。

12

合唱的队伍已经集结,秋虫领舞
树木像微风的旗帜。
当落叶如雨,我是其中漂流的一滴
我必须重新回来
走童贞的路
忘掉所有的仇恨和敌人。
怀孕的大地上,我要分娩出我自己。

13

柠檬黄的世界
在少女的读书声里流逝。
请不要打扰,不要打扰孔雀草的舞蹈。
牛奶是清晨的门铃
校徽贴满牧场,她的书包
装满了溪流和祖国。
她的发际上别着晨曦和稻穗。

14

这个秋天,拥有世界是不够的
拥有起义和良知是不够的。
这个秋天,高粱酿酒
粮食如花似玉
鸟群把每条路都重新飞一遍。
修身养性的星球
最终和爱情一样长发齐肩。
这个秋天,谁的灵魂都是可以解救的。

15

或者有离别，骑着一夜的雨声。
或者溪流醒来
秋水已经不是秋水。
而心疼总是那么美……
你说出的谎言，可以被原谅。
你望穿的人心，再也来不及怨恨。

16

运粮车已经抵达，灿烂已经抵达。
风贴着白色房子
说着斑斓的话。芦苇撞向天空
在水面构成的胶片机里荡漾。
远航的人懒散地出发
尽管行囊像裂开的石榴
但我仍然要装着你
装着你在世界上随便地走。

17

波涛是秋风送出的书信
蓝色皮肤里,鱼群是闪亮的邮差
快递着云水的唇线、老船长、燕鸥的谈话。
航海的人胸怀紫罗兰的花语
要和金色的远方水乳交融。
一只黑脚信天翁追着金枪鱼
一个善良的海盗解甲归田
秋风里,他唱起让孩子们熟睡的歌。
大海啊,大海送来了三餐和酒杯。

18

山高水远,寻仙的人心有沟渠。
落木是秋天的钟声
敲着黄昏深处的禅院。
寻仙的人收集露水,淹死绝望
准备驾舟远去,把河流当作平川
他的抱负在蓬莱或者天上。
但是现在,秋天来了
寻仙的人偷了一下懒
决定留在人间。

19

给秋天写传的人,怀里住着一个宋朝。
住着柳永、姜夔、陶潜
住着杜草堂和李太白。
他们已经从古代回来
从平仄、音律,从对酒当歌中回来。
汉字神清气爽,语法变得业余
他们会告诉你:
没有赞美过秋天的诗人不是好诗人。

20

请吧,兄弟佩茱萸
儿女食蓬饵,全国痛饮菊花酒。
请吧,秋风沉醉的重庆
落日高悬的大江
请月上高楼,游手好闲。
请一意孤行的秋天推开所有的窗。

21

借你三千盔甲
你要灿烂到锦官城边。
菊花作马,道路铺向各国的首都。
两宫粉黛集合着众花的香气
要在流淌的时光中宣誓。向日葵和太阳
并排照在李家的后院。
你热爱这些安分的美
你不会远走,就在大地上筑巢。

22

做一个隐者,接地气,看朝阳。
在一涧清水里垂钓世事
读经、写诗,偶尔游学北方山林。
当一夜秋雨翻动,往事平静
心花不再怒放。做一个隐者
天下只是烹制过的一碟川菜。
即使万物消逝,也要在胸间掌一盏灯。

23

所有的情人已经成熟
所有的田野、乔木、李白
全都水到渠成。
秋天。秋天的腰间挂着劳动的逻辑
斧头爱上树,飞鸟爱上鱼
葡萄爱上嘴唇。在秋天
中国是美的。成熟太过迫切
秋天鼓起了少女的衣裙。

24

田野上长满秀发披肩的寂寞
寂寞里长大了我和诗篇。
诗篇,浪漫主义的语言花
寂寞,一万年的朝夕。
众花开遍,读不懂牺牲
众人合诵,唱不出天才的痛。
这是锦绣和自由一统的江山
即使我是国王,那也是一个孤独的国王。

“诗一定要写得有建设性”
“每一首诗都要有所贡献”

明月陪 × 评论

ALONE
WITH THE MOON

明月陪

一个纸上帝国的复活

+唐政 刘清泉

他写诗,如同修行。

第一,是写得少,每年最多十几首。写得少,意味着他对诗歌一直心存敬畏,不敢轻易下笔,也不敢随意僭越。这是修行的人能够得道的关键,因为修行的人不一定那么快就有结果,也不急求这些结果。菩提心是慢慢修来的。

第二,他也写得慢。一首诗翻来覆去地改。有的,过了一两年,还在改。所以,李海洲的诗歌中,很难找到一处败笔。

第三,他写得很安静。他只表达观点,不表达情绪,更不会滥用内心里的温情或者愤怒。他的抒情是字节的本能跳动,而不是人为的挥舞。看上去,情绪饱满奔涌,实际上,他吐纳有方,控制有序。

每一个字、每一个词、每一个句子,都是通往觉悟的工具。诗界也是尘界,也需要自我觉悟并至通灵。觉悟就是写作的态度,就是不断修正的世界观、价值观和审美观。词语和词语之间,句子和句子之间,既有天然的疏离,又互相觉悟和开化。那些从逻辑学上顺延下来的组词结句，完全不能匹配他的诗学境界。有很多人写诗，只是在不断地解释词语。优秀的诗人从不解释和擅加判断。在李海洲看来，词语都是有秘密的，词语之间对上了暗号，搭配就浑然天成。

"诗一定要写得有建设性。"

这是李海洲常挂在嘴上的一句话。什么叫有建设性呢？也就是诗歌创作要有个人立场、态度和对既往审美经验的颠覆。这既是一个表演者的舞台，也是一个发现者的舞台。你必须清楚地表达你的美学追求，必须创造并发现一些新的美学思想。这是自己与自己的较量，没有敌人，没有参照物。所以，在李海洲的心里面，大概也没有值得他尊敬的对手。

在他所有的诗歌中，话语权都在他自己手里掌控着，他按自己的方式发声，按自己的方式结束。他绝不会用一个陈旧的比喻，绝不编造一个俗套的句子，绝不让自己的偏爱受制于语法规则和道义要求。他用过的字和词以及形容和搭配它们的方式，都像是一场精心策划和布局的汉语爱情。

无论远近，一眼就能看见他词语的光芒。那是一团巨大的、柔和无比的红光，向你涌过来，把你包围。你从来没有这样舒坦过，近似于麻醉的感觉瞬间就布满了全身。

他的诗总是在闲处落笔，绝处开花，颠覆了你所有的想象、认知和经验，有险峻奇崛之美。一个在汉语中修行的人，得有格局和定力。格局越大，创作的成本就越高，修行的难度就越大。像李海洲这样，每年就靠十来首诗打天下，是很危险的，但幸运的是，我们都记住了他。

"每一首诗都要有所贡献。"

这是李海洲的另一句话。话中有他不可一世的骄傲，也包含了他对自己创作的苛求。一个诗人这样要求，等于把自己逼到一个绝地。你可以对诗歌有所贡献，但每一首诗都要有所贡献，这意味着不仅不能重复自己，还要有所超越。

李海洲发表过的诗，我几乎都读过。每一首诗都让我有新的发现。要么是题材上的开拓，要么是创作境界的提升，要么是某个审美原则或者语法观念的颠覆。而最多的是，每一首诗里，都能看到他在语词使用上的创造性。没有审美疲劳，也没有任何既往经验的重复。每一首诗都是一个新的标准，一次新的尝试。他的诗整体风格变化不大，在万千诗歌中一眼就可以指认出来，但他在一种风格下却不断地变幻出剑和收剑的招式，甚至左右互搏，各种奇招、怪招、神招迭出，令人目不暇接。如果认真统计，在中国当代诗人中，李海洲诗歌中的用词量应该是最多最丰富的，也是最大胆的。所以，他的诗歌常有新鲜感和层出不穷的读者。这其中有普通的诗爱者，也有大家。

接下来，我们应该说说李海洲诗歌中的文人之气了。在重庆或者全国，只要是认识李海洲的人，你问他，李海洲是一个什么样的人，回答一定是千姿百态。但可以肯定的是，打死都没有几个人会说他是文人。

可以是兄弟，孝子，情种，也可以是江湖侠客。最多有知晓他真实情况的人，说他是一个著名媒体人。尽管读烂了万卷书，但其实他没真正上过大学，高中一毕业，他的老英雄父亲就迫不及待地把他送到了军营，但注意，他是一个扛起《二十四史》和唐诗宋词去当兵的人。所以，他的一生注定充满了书卷气和诗意。

他为人侠气十足，仗义疏财，在兄弟中有"及时雨"一样的大名声，不到20岁就开始在诗界享有"少年天才"的美誉。关键是他在诗歌之外还有一些特别著名的手艺：媒体策划、运营推广、品牌包装。他靠此在传媒界活得风生水起。他做城市品牌和旅游营销匠心独具，还给《星星》诗刊设计封面，给电影和网剧写歌词。由于爱吃，有些酒馆是他一手策划起来的，当然，也有一些酒馆是他天天带着朋友们吃垮了的。他本人旗下有多家杂志、电影公司、网站、APP，生活无忧。所以，他是中国诗人这个群体中活得比较体面的。

但他的诗歌里却充满文人之气。他用字考究，用词典雅庄重，行文举重若轻，结句行云流水。再加上骨子里深受中国儒家文化的影响，在他诗歌中，绝看不到离经叛道的行为，反而开创了一代传统文人的大雅之风。他为人幽默风趣，交友极为讲究。是敌人，横眉冷对；是兄弟，拔刀相助。写诗虽无章法可寻，但遣词造句却妙笔生花。在诗歌这个文明的江湖里，他又代表了诸多的不文明。

他总说没有时间写诗，却常年奢望染指随笔和小说。他偶然写个中篇，就摘取了川观文学奖，偶然写组随笔，就成了高考阅读题。他天天南来北往，饮马江湖，不是他签单，就是他买单。他活得像一个常年亏本的文学客栈。

我不得不说，他诗歌中各个层面透析出来的文人气质，让他的诗歌显得与众不同。他不像一般文人那样装腔作势，故弄玄虚。他始终在诗里面保持着一个传统文人的操守，不甘堕落，不入俗世，不苟且不偷生，希望凭文学之力改变现实，重塑理想，保持自我人格的完善。他虽是70后，但他的诗歌中却极少有朦胧诗和第三代诗歌的影子。无论是形式主义的开拓还是审美意义的挖掘，他都相对趋于保守，极少先锋或者探索的尝试。唯一的不同，是他在语言上的积极进取和改变，尤其是在修辞上的特立独行，反词性的种种努力，对词语外延的无限扩展，使他的诗歌充满了解构主义的痛快。

现在，让我们再选择集子中的一些"名篇"来具体谈谈李海洲的诗歌。

少于20行的诗歌在李海洲的整个创作中是极其少见的。他自以为傲的《母本》《有容》《秋天传》都是长诗。近年传诵的作品中，《春风送出快递》可不是一般意义上的快递，在撒满了"梧桐花的邮路"，他要快递的是"重庆"这座城市，是"雨天的磁器口"和"杭州的雪"，是整个"美术学院""陪都暮色""沙坪坝的余欢"以及"彗星和绝望"，而且这一切"请多情打开，用滥情埋葬"。在诗人的内心世界里，没有时间的差异和空间的距离，他渴望的是时空自由，是翻手为云、覆手为雨的快感，是生活状态和精神状态的二元统一。

媒体是李海洲比较熟悉的题材。《想起一个媒体人想不起他的理想》这首诗，仅从标题看，便确知他要表达的东西。在互联网时代，伴随着传统媒体的整体衰落，一群曾经充满新闻理想，企图以文治世的"无冕之王"突然不知所措。巨大的失落、无助和边缘化让这批即将步入中年的媒体工作者感到前途渺茫和无所适从。李海洲曾经和现在都是这个群体中的佼佼者，作为几本杂志的总编，现实的境遇也逼迫着他去思考并回答。"一夜之间/他和方向都有些老了/纸上的灰慢慢移到心上。"李海洲化实为虚，从容地率领他的词语帝国在纸的疆土上继续马蹄奔鸣。"他"老了，"方向"也老了，这是多么奇妙而独特的用词手法。"纸上的灰"不是被风吹走了，而是"慢慢移到心上"，心灰意冷到何种地步？这是一个时代的病，李海洲向我们演示了这类题材的操作方法：越大的题材越往小处写。他先是把一个群体浓缩成一个人,又把一个人剪辑成几个小片段,然后,把一些异想天开又活色生香的词语从一个个魔盒中放出来,逐一去寻找它们的匹配。词语与词语之间的关系,也是爱的关系,要让一个词爱上另一个词,只有爱才能让它们和谐地相处,也只有爱,两个看上去毫不相干的词,才会相映成趣、浑然天成。"太多的同袍站在歧路上/华盖稀疏,只开枝,不散叶/谁都预见过城堡的沉沦/预见空谈误国/但已经没有时间空谈/消逝太快,版面和薪水一减再减。"表达如此沉重的话题,李海洲的态度依然是温和的、冷静的,奇特的联想让许多词语都绝处逢生。

《燃灯上人》这个诗题,有点像一个武学宗师的名字。我知道这首诗是关于一个先驱者或者一个先行者的颂歌。李海洲用词,像开药方。每一个词都是一味药。而每一味药因为药性不同,所使用的剂量也就不同。"城门——积雪""河流——叛逆""灯"是用"良知点燃的"以及"被忧愤、绳索捆住的——肉体""天空哭着冷冷的——流星",尤其是"愁绪困在——鱼刺里""灵魂的——遗孀"……你不得不被这种天才般的词语搭配惊吓住。奇瑰的想象能力,像不像一个老中医,随手一抓,便是洗尽铅华的配方,深入骨髓的良药。最后"他留下遗书,想让更多人醒来",这就是"燃灯上人"的伟大。

《史书里的某个早春》有几个句子需要拿出来隆重炫耀一下。"危机四伏啊,危机左右对称""从流言里找到安慰""老人如落叶,飘散在高堂""坏消息里长满荒草"。尤其是"坏消息里长满荒草"这样的句子,别开生面又意味深长。本来就是"坏消息"了,还要"长满荒草"。徐志摩《再别康桥》中也有这样一句:"向青草更青处。"二者有异曲同工之妙。有的人写了一辈子诗,却在他的诗里找不到一个句子像诗。李海洲的表达和发现近乎歇斯底里,这也是一个天才必须让同行仰望的高度。人的天分有时候就如同一个人的血统，与生俱来，不可复制，这不是任何努力和勤奋可以实现的。这些诗就像从李海洲的身体中长出来的。当我看到"危机左右对称"这样疯狂的语言时，才知道，原来任何极端的观点都能这样优雅地表达，何其匠心独运！

　　汉语在以前是没有语言学这个概念的，因此，我们研究汉文字和诗歌语言常常喜欢借助西方语言学的一些概念和研究成果，比如19世纪末期的索绪尔符号学。而汉字文化和英语世界的字母文化有着本质的不同。如果用西方语言学的理论来阐释中国的语言和诗歌，是会有偏颇的。所以我一直没有使用任何一种理论来解释和探讨李海洲诗歌中特殊的语言现象，因为没有一个现成的理论可以佐证他复杂的语言行为。

　　《孤城有寄》更是在深刻洞悉了词语内在秘密之后，用特殊手段搭建起来的一个词语的"乌托邦"。每个词语之间似乎都有一个联络的暗号，而这个暗号就藏在句子的肌理中。试图改变任何一个符号，都将是对原意的扭曲和中伤。"时间运走亡灵""剪掉的呼吸悬停空中""夜里，尊严来拜访过一次"……夜深人静时，你在灯下慢慢展开他的诗稿，迷迷糊糊中，就像有一双带有无穷力量的手，在替你打通任督二脉，每一个如鲠在喉的词语，"哗"地一下就咽进了胃里，气血全都通了。那些词和那些句子忽然就像幻觉一样，在寂寞的世界里飘荡，有些许的冷和残缺。这个时候才突然领悟到"病毒"为什么可以"把绝句化为流水"，因为像"绝句"这样四平八稳的抒情方式已不足以表达病毒带来的恐惧和震慑，只有把绝句化为流水才能更酣畅淋漓地跨越内心的千山万壑。而"夜晚"为什么"尊严来拜访了一次"呢？在醒着的时候，我们已经没有尊严了，虚弱的尊严也许只会出现在梦中。真是鬼斧神工的巧妙。

有一些诗是写人的。前辈鄢家发，编辑家欧阳斌，画家欧邹，诗人李亚伟、尚仲敏。李海洲有许多患难兄弟，他的诗歌中也经常出现他们的影子。他一如既往地在这些诗歌中，倾注着他的热情和心血。他的诗歌理想也最容易在这类诗歌中实现。他无论写谁，都很少情绪化，亦绝没有露骨的爱与憎。他惯用这些人物生活中的细节来佐证他们之间亲密无间的关系，甚至用这些朋友身上不完美的缺点来嘲笑、反讽这个同样并不完美的现实，并快慰平生。"谁能读懂我的孤独，谁就是我的灵魂。"他和朋友们互相呵护、体恤、吹捧、批评，甚至厮混在一起。"而我的体内，有一条大雪纷飞的街道／一直堵塞着大雪纷飞的这一世。"这里的"大雪纷飞"有苏东坡"大江东去"的感觉，美被美消解，爱被爱消解，大事被大事消解。

他写尚仲敏，"他的身体寂寥／内心空到可以塞进一个成都"。甚至在诗歌的结尾处还嘲笑似的幽了他一默："快到家门的时候／他心若死灰，突然悲哀地想起／自己原来也是有妻室的人。"对尚仲敏的情感生活报以善意的戏谑。写李亚伟"即使转三世／也能次次相遇的才是兄弟／以醉为纲／喝下沟壑与天堑"。这是他一本正经地写兄弟，几乎没有任何调侃和反讽的意味。相对于酒肉朋友，他们是高几个档次的"以醉为纲"。"明天，我们都会成为醒在旅途的春日的脸／打马东去，大地上只剩下你的河流我的山岗。"他用极美的笔调布下严肃的局，把兄弟之情用柔软而灿烂的丝绸裹了一层又一层，再辅之以春雨、酒、诗话，格调高雅，情深意厚。他用笔依然突兀诡异，层峦叠嶂，刀刀见血封喉。

李海洲和李亚伟、尚仲敏是多年的好兄弟。一正一反，尚仲敏反着写，李亚伟正着写，正反两面都是有阳光的，开诚布公的，"让所有情怀释放，落满抱头痛哭的雨"。

《成都三人下午茶》也是写兄弟的,但不再是写兄弟情感,而是写人生感悟。很多年过去,每个人都经历过春秋,尚仲敏不再为钱奔忙,李亚伟不再为汉语和普洱奔忙。既然风花离开了雪月,怎么奔忙,讨论什么,都已经毫无意义。在成都的下午,坐下来,喝一杯茶,有意见,就一起说给世界去听,不必再在兄弟间唠叨:因为"人生卷边,高铁在隔窗轻唤我们",因为青山遮不住,毕竟东流去。

　　《四弦十三寨》是一首典型的李海洲式抒情诗,像一首新《桃花源记》。"每一滴岁月都泡在米酒里/每一滴岁月,都有神的遗物"。这是诗人想象中的人间世象,不仅有斑斓的民风,幻境一般的生活图景,还有神性的光芒罩在他们头顶。"宠辱已经消亡"的十三寨,达到了"人和仙终于和解"。

　　其实我们看得最清楚的是,从多年前的少年天才到多年后的洗尽铅华,李海洲一直坚持着精准、独特、纯粹、完美的诗歌理想和高贵、良知、悲悯、尊严的人生理想。在他的诗歌里几乎找不到应景之作,在他看来诗歌写作是庄重之事,须有敬畏之心,不满意决不示人。这种"洁癖",在当今诗坛确属罕见。而"高贵"这个词在中国的评价体系里是谨慎的,但在李海洲的《献给〈海上钢琴师〉》一诗中有着恰如其分的体验。经典影片《海上钢琴师》里的现实和理想令人唏嘘,但李海洲却用精准、雅正的书写赋予了我们难得一见的"高贵"。"你偷偷吻过的少女嘴唇肥美/她也许会在某个日落的黄昏想起你。"为什么会想起?因为主人公不仅"偷偷吻过",甚至决定下船寻找。但高楼林立、雾霾深重的纽约和他想象中清洁单纯的物质世界格格不入,更与他尊严和美德至上的精神世界判若云泥,于是长叹一声回到船上……所以李海洲会写出神来之笔:"大海的蓝弹奏不出陆地的远""船依旧漂泊,像精神的棺材",于是"那一天之后,哭过的人们满目疮痍/但依旧沉浮在俗世不洁的岸边"。

心灵境界崇仰高尚和文字行为坚守尊严的李海洲,始终致力于在诗歌中保持高贵的体面和气质,多年来一直精心爱护自己诗歌的羽毛,以近乎痴狂甚至愚顽的方式追求完美。他身上不仅流淌着精神贵族的血,还投射着理想主义的光。

《想象一场不世出的爱情》就是这样一首"理想"之诗。葡萄藤、海岸线、明月、溪流、山涧、松香木、篝火、蔬菜、紫藤树、贝壳、杯状珊瑚,以及抹香鲸、刺猬、鸟雀,肤色闪亮的孩子,我和你……就是"理想国"的样子。细读这首诗,可以为我们找到一条自我拯救之路,并循着诗人设计的线索与方式,去铺设属于我们的"后院"甚至"墓床"。有读者感慨:"已经很久不见如此清晰、简捷和独具匠心的指引了!"灰烬之中,你是多么幸运!可以在理想国"打理着屋檐下沙沙轻响的诗篇","重新朗诵一个世界"给任何生命,也可以让"阳光卸掉我们身体的密码",直到"起身为孩子们牵好被角,压住岁月"……艺术家段晴在反复读了这首诗 31 遍之后录制下来,并在文章中感叹:"谢谢李海洲,这是我近几年来读到的中国幅员内最具阳光质地与哲学语境的心灵诗!"

这样的理想之诗和心灵之诗定然是完美之诗。在李海洲的诗里,完美首先是唯美和纯粹的,比如《骊歌或离歌》,"那时候,未来夜深露重/我听见所有的街灯都在说我爱你"。比如《睡莲科的克拉爱人》中,"即使睡莲遍地,心有悲悯/你也难以独善其身"。而在感动了无数人的《夏天的少年们走过冬天》一诗里,李海洲说:"所有人谈吐平仄有序,随手写下的诗/任意夹在唐朝和宋朝中间。"快马轻裘,豪气干云,酣畅淋漓,唐诗宋词之间就是我们的作品,多么骄傲和惬意的人生！即便"衰老在引路，爱过的都如死灰"，即便"风雪有些紧"，但那又能怎样？李海洲用"请把诗的风纪扣系好"这个看似奇崛的句子，道出了关乎尊严、梦想、人格的坚定和持守，读来掷地有声。正是这样的坚定，赋予了"纯粹"全新的意蕴。

在高贵与完美之间，思想永远居于C位，唯有思想才是二者不朽的黏合剂。这又是李海洲诗歌带来的启迪，比如《起死回骸的赌局》。因为我们遭遇过太多轻浮、虚假和蝇营狗苟，唯独少见的是大悲痛、真清醒和诗人的尊严。还好出现了李海洲和他的《起死回骸的赌局》："一只妖和一枚精完成了这一切。雨水应景/窗外哭着整个世界伤心的人。"寥寥两句便把我们带到某个至暗语境；而哀悼随之而来，"告别迷恋的琐事、小阳台、葳蕤的花骨"，甚至"告别容易生病"，世事和往昔留下难愈的伤痕，"难道真的只能置若罔闻？/难道是一偏之见遮蔽了小蓬莱的后路？"诘问里有诗人的疾首之痛，有"只用了半小时，世界就静默得语无伦次"的痛定思痛。李海洲清醒地知道，"那不经意说出的真理/说出了让复活的人重新寻死的理由"。他最后选择"我从此孤城紧闭/把心里那轮落日的苦、痛、安静、杂乱/慢慢熬制成中药"。此诗蕴含着深沉、博大、旷远的哲思，境界高远。

早在李海洲飞花摘叶的少年时代，他就说过：不要"因为诗歌语言中惊艳的美而忘记了隐藏在语言背后的思想"。一路走来，正是厚积而成的思想支撑着他高贵完美的诗歌风貌，使他成为当今诗坛独一无二、无法遮蔽的站在入海口的大诗人之一，而等待着他的，当然是更加宽宏的语言大海。

最后的重点在李海洲的《少时乡居生活图》上。这首诗没有少年维特的烦恼，有的只是一个少年曾经居住过的乡村生活全景图。这也不是一个少年眼中的乡村生活，而是一个刚刚进入中年的诗人眼中的少时生活。

每个人都有一片挥之不去的故土，一段深藏不露的感情。但诗歌中，怀念故土、寄笔乡情的文章太多了，几乎每一个诗人都写过。李海洲的《少时乡居生活图》，不像是一首诗的名字，像一幅画名，而且是一幅行云流水的国画。

这首诗集中地体现了李海洲抒情诗最大的风格：骈文和古体遗风。"祖父伫立屋檐听风声／祖母在堂前喊家燕"，"从夕光里返回，翅膀积满暮色"，这种句式如同古体诗的译品。听风声、喊家燕、积满暮色，都带有明显的古语之风。而接下来的，"李花清肺""木门青苔""半湾羞嫩的腮"……已经接近古语表达了。这种表达方式的特点在于，用词节俭、典雅，用语古色古香，韵味悠长，山高水远。这种例子满篇皆是，不一一赘述。

他诗歌的第二个风格：意象考究，略显生僻。罗汉果、松针、青砖灰瓦、水墨、太师椅、神龛、木格窗、纹理、焚香人……几乎每一句诗歌中都可以拈出这样一个意象，很少有其他诗人用过，它们一进入李海洲的句子里面，几经变化，便出落得楚楚动人。而且，我们仔细研究它们，便愈发觉得这是考究的结果。每一个意象，都自带诗意，有年代感。像太师椅、木格窗、焚香人，似乎都是从记忆中打捞出来的旧时物件，代入感很强。擅用名词是他一大特色，而且这些名词在他手中可以幻化出各种词性。

第三个特点，就是擅长细节的抓取，有很强的画面感。"门洞和矮墙，是撤离的坦途""蟋蟀和花瓢虫／一个搭桥，另一个摆渡"，这是逃学的细节。"你黑布鞋的白边会脏吗""你踩着青冈叶去找白蘑菇""菌子追蘑菇，牛撵犁"，这是生活中的细节。黑布鞋的白边，多么琐碎的发现。他对每一个细节的抓取，都是有独到眼光的，这就是所谓美的发现。或者叫"妙悟""别眼"。李海洲诗歌中的细节本身是美的，他又有一双发现美的眼睛，表现美的技巧，所以，他的诗歌白璧无瑕，充满了浪漫主义的美感。

李海洲抒情诗的第四个特点是诗化的功力。他似乎写什么都觉得好看，用哪个词都觉得恰到好处，怎么写都觉得妙笔生花，开头、结尾、转换，常常水到渠成。这就是诗化的功力。"诗化"这个词本专指诗化小说或者小说的诗化，我这里用来形容把一切变为诗的能力。"虫鸣"和"月亮"是两个已经被用烂了的词，附着在它们身上的诗意的光芒也已经褪尽。但李海洲是这样用的，"昨夜的虫鸣运着风／像谁往心里运着月亮"，一下子就用活了两个死词。再如，"少年用忧伤的血液寄养乡村"，他又用活了血液和乡村两个旧词。"麦苗弯腰和风说话"，单个的词都快要憋出毛病来了，又是李海洲救活了它们。这种诗化的能力归根结底是一种人文精神积淀和语言发散的能力，就像粮食酿成美酒一样，水、气候、工艺、窖池缺一不可。诗化的能力也是一个诗人综合素养和实力的体现。

李海洲把每一个字、词、句子，甚至标点符号都看作是他的兄弟，他是那么纯洁地爱着它们、护着它们，并赋予它们高尚的情操、健康的体魄和美满的生活样本，他与它们朝夕相处、灵魂相通，它们又反过来投桃报李。正是因为李海洲有成千上万个这样的兄弟，并与它们并肩作战，他才拥有了一个帝王般的威严和奢靡，我们才看见了一个纸上帝国的复活。

怀旧者的诗歌理想与一个人的重庆

+ 王辰龙

1

阅读李海洲的诗,会频繁与他记忆中的少年时代相遇。除了相关的通常性叙述(如激情、特立独行、偶尔的放纵不羁等),诗人笔下的青春有着更丰富甚而更沉痛的内涵。比如《夏天的少年们走过冬天》一诗,题目中的冬天对应了人到中年后身心的衰退,以及个体与时代对撞、缠斗之际的疲惫感;夏天则涵盖着火热而无忧的青春期。诗中确实隐含了昨日难以重现的痛楚,却没有沉溺于灰色的心境。诗人回首过往,是将少年时代视为某种价值体系的形成期,即便年华已逝,但往事蕴含的意义之于当下的生活仍是重要参照。具体到《夏天的少年们走过冬天》一诗,少年时代的关键词是诗歌、爱情与友谊,它们曾经崇高无比,关系到信念、尊严,以及个人对至真、至美和至善的追寻;现今,它们在商业法则、权力意志的规训下,在泛娱乐化的文化氛围中,日渐凋零,正如诗中所言,"汉语像马群被生活的虎啸惊乱"。李海洲怀念的青春期是与写诗这一志业的纯洁性同构的,包含了某些不应以成熟之名义而被轻易弃绝的品质。纯洁性意味着写作者的抱负和自尊,与之相对的则是油滑的利欲与油腻的自恋;同时,纯洁性也需要写作者拿出勇气去捍卫,不臣服于时尚的美学流俗、语言内部的腐坏,以及语言外部各种形式的暴戾和野蛮。《夏天的少年们走过冬天》在李海洲书写记忆的作品中很有代表性,它说明诗人的怀旧是一种反思性的怀旧,它基于某些现状引发的痛感。诗人也深知,若只用几句话或某个单向的意识形态立场去概括现状,可能会使诗歌语言变成粗糙的谩骂或傲慢的判词。于是,李海洲恪守了古老的诗艺法则,通过调用意象的方式对个人的现实感做出隐微的暗示,他写道:"风雪有些紧,请打扫门窗/请把诗的风纪扣系好。"所谓反思性的怀旧,其指向终归是想象一种有别于现状的、更为良善的生命形式,其落脚点是未来。借用一本书的名字①,李海洲书写记忆的作品是"怀旧的未来"。

那么,李海洲无法认同的现状究竟是什么呢?首要的是汉语文学语言的现状。在《短歌行》中,诗人写道:"在反抒情的时代独行/口水和rap脏了这大地。"其中,对rap的指责针对着近年来说唱音乐的流行。事实上,李海洲生活的重庆和相邻的成都向来是说唱音乐的重镇,涌现了一些旗帜性人物,他们试图将西南地区的方言语汇、江湖文化等地域性知识与作为舶来品的嘻哈音乐相结合;但除极少数佳作外,大陆地区的说唱音乐在最关键的作词问题上,总体显得贫弱、夸张与粗暴,充斥着自我吹嘘、污言秽语、厌女情绪、纸醉金迷等本质上并不"酷"(嘻哈文化非常看重"酷"否)的内容。但刺激性大于批判性的歌词,搭配着通俗易读的节奏调性,使说唱音乐在青年群体间迅速蔓延。可以想见,诗人愤怒于rap的负面因素对汉语之美的荼毒。

诗句中的"反抒情"和"口水"则分别指向了当代诗的两种重要潮流。前者滥觞于20世纪90年代,在一些批评家和诗人的共同构建下,

---

① [美]斯维特兰娜·博伊姆:《怀旧的未来》,杨德友译,译林出版社2010年。

"叙事性"得到重视与实践。较具代表性的论说来自学者程光炜"叙事性的主要宗旨是要修正诗与现实的传统性的关系","叙事不只是一种技巧的转变,而实际上是文化态度、眼光、心情、知识的转变,或者说是人生态度的转变。换言之,它不再是原先那个被'叙事'的人,不是离开了那个宏大叙事就茫然无措、不能生活的、丧失掉主体内涵的人,而第一次具有了极其强盛的'叙述'别人的能力和高度的灵魂自觉性"①。其实,从积极的诗学角度来说,强调"叙事性"有利于扩展当代诗的表意空间,使日常生活与历史变迁经由更为具体、细致的方式进入文本,进而充分发挥诗性正义层面上的介入与见证;同时,能纠正以往诗歌写作里灵魂世界至上、现实成分稀薄的偏好。强调"叙事性",其背后的深层次原因是焦虑于文学写作能否切中20世纪八九十年代以来的社会剧变。但或许是因为太过急切地想纠正所谓的谬误、树立全新的美学原则,20世纪80年代诗歌的实绩遭到了窄化的片面评价,某些缺陷被无限放大,"抒情"也作为对立面被草率地指责为浅薄冲动的情绪化表达。与此同时,"口语诗"写作也逐渐成为一种影响颇深、信徒众多的潮流。口语能否入诗,这本是不需要展开争论的常识。但问题所在是近年来的"口语诗"风潮背后喧嚣着一些庸俗的倾向。比如,降低了诗歌写作的门槛,以为将即兴的口占分一下行便是新诗了。此外,部分粗制滥造的"口语诗"已沦为三流的滑稽段子,可能还不如某些网络热梗或脱口秀演出那样兼具诙谐与讽刺。不少"口语诗"作者的写作观念和生活认知水准,常流露出"生活就这样儿"的市侩态度,对现实予以片段式的、浅薄的再现,使语

---

① 程光炜:《导言:不知所终的旅行》,见《岁月的遗照》,程光炜编选,社会科学文献出版社1998年,第6页。

言成为缺乏纵深度的、被动于现实的简易工具。将抒情视为对立面的"叙事性"崇拜与"口语诗"写作的沉疴，都是李海洲所反对的。

那么，他理想中的诗歌语言又是什么样子呢？一言以蔽之，是承续母语中的抒情传统，进而书写一种"情本位"的当代诗。学者陈世骧曾在《论中国抒情》一文中写道，"与欧洲文学传统——我称之为史诗的及戏剧的传统——并列时，中国的抒情传统卓然显现"；"中国文学的荣耀别有所在，在其抒情诗。长久以来备受称颂的《诗经》标志着它的源头；当中'诗'的定义是'歌之言'，和音乐密不可分，兼且个人化语调充盈其间，再加上内里普世的人情关怀和直接的感染力，以上种种，完全契合抒情诗的所有精义。"[①]"在反抒情的时代独行"的李海洲，其作品中明显能读到陈世骧所界定的抒情传统。仍以《夏天的少年们走过冬天》为例，诗中提及了"古籍""唐朝""宋朝"等词，由此可引出李海洲诗歌的另一重向度：诗人的怀旧，不仅是从中年回望少年，亦是在文化上从现代中国重审古典中国。就血脉关系来说，李海洲诗歌中的汉语与新文化运动以来现代汉语文学的亲密度，要远低于他对古典汉语文学传统的认同。

与风物人事的亲密感，以及随之而生的、有情有义的意象群落，这是李海洲诗歌中抒情传统的具化方式。诗人并非不善于叙事，诗集中包括《少时乡居生活图》在内的多首长（组）诗同样也会经由叙事去呈现日常生活的诸多细节；但诗人笔下的细节终归不是客观地成为认知现实的媒介，而是浸透着个人的情感和体验，从未外在于写作者的身心。李海洲的诗歌再度提示人们：古代汉诗中的情景交融不仅仅

---

① [美]陈世骧：《论中国抒情传统》，见《中国文学的抒情传统：陈世骧古典文学论集》，[美]陈世骧著，张晖编，生活·读书·新知三联书店 2015 年，第 4 页。

是技术层面的修辞方案，更是个体置身于天地之间的方式。总体而言，诗人笔下的风物人事都有着深情的特质。比如，《骊歌或离歌》一诗写爱人间的分别，他看到"早春披着泪流满面的长发"，听见"所有的街灯都在说我爱你"。个体与世界之间达成了一种"感时花溅泪，恨别鸟惊心"式的情感共振。再比如，《仙女山梧桐大道上的雾》一诗写故地重游之际物是人非的体验，场景和意象都浸透着诗人的回忆和多年来的秘辛。诗中"雾""鸟鸣""法国梧桐"等事物早已成为记忆和经历的一部分，与它们重逢，就是与旧日的自我相对。为了讲清往事的刻骨铭心，李海洲使用了一种或可命名为物象"肉身化"的修辞方式，不仅将诗中的物象视为追忆时的路标，而是更进一步地将它们与隐秘的身体经验联系起来，写物象即意味着写自己肉体最真切的微颤、欢愉和隐痛。因此，"鸟鸣"如同"又痒了一下"的心，雾中的虚像里尽是头发被打湿后的水汽，"草坪"则对应着"水墨牛仔裤"沾水后的贴肤之感。在李海洲这里，个体与世界的情感共振，不止于寄情于景，也不止于将风景写成寓言抑或从风景中提炼形而上的意涵——这些都还不够惊心动魄。在《明月陪》这部诗集中，风景的局部往往也是诗人身心的碎片，书写风景就是去重构一个完整的、理想的自我，如《仙女山梧桐大道上的雾》所言："所有的青春都可以通过这场雾回去"；"雾的另一头会走出轻狂的你吗？/骑行这么多年，胸中的树叶青了又黄/雾的那一边，白衣骑手看见白裙子的闪电。"

常弥漫在李海洲诗中的怀旧情绪也正是源于重构自我时感到的落差，那些往事与即景、希冀与现实之间无法弥合的裂痕。因此，诗人的怀旧有两个重要的文化向度，一是在抒情传统的层面上重新想象母语的伟大和深情；二是借助追忆往事去重构自我，以表达对现状的遗憾。汉语读者的审美基因很大程度是由自幼学习的古诗所塑造，阅读李海洲的诗歌时便会激活类似的审美基因，进而体味到亲切的美感和并不陌生的诗意。与此同时，也不难感到李海洲诗中的苍凉——这是李海洲诗歌具有当代性的一面，也是诗人执着于怀旧的内因。怀旧者的一个重要特征是他们始终与现实保持着若即若离的姿态，他们难以全身心地沉浸于当下，却又无法做到隔岸观火，他们与世界的关系归结起来是一种"在"而"不属于"的状态。对这种状态，李海洲会将其描述为错位式的现实感。以《遗忘者之书》为例，他写道："你总会在初夏时候想起冬天的坚冰"；"你别上罂粟加入过红围巾的队伍"；"按捺住曙光退入黄昏"。诗人采用了一种"顾此言他"的笔法，"此"是"初夏""红围巾""黄昏"，"他"是"冬天的坚冰""罂粟""曙光"。两相对照，"此"所表征的现实世界与"他"所喻指的内心生活之间形成了一种错位，诗中的主体不动声色地置身于此际，却从未认同过此际。换言之，怀旧者是忧郁的怀疑主义者，忧郁于人事风物的消逝，怀疑时尚与主流。

2

李海洲对抒情传统的传续与再造，还体现在对饮者形象深层含义的充分理解："诗"与"酒"往往是同义词，它们既是诗人热爱世俗时的表现形式，又会帮助诗人暂时性地超越世俗的束缚。对此，李海洲在《娶酒三叠》中写道："我在这酒气中写诗，泪含纸上／想让那些只爱喧哗的饮者／继续读不懂我的日月。"同首诗里，诗人颇为浪漫也颇具雅趣地想象着"娶一壶酒送给余生"，"酒"成了生命中重要的伴侣，因岁月流逝沉淀出的醇香对应着诗人心境的蜕变。值得注意的是，诗人敏感地辨识着"暴殄者"的滥饮（"一场遗憾的酒局"）与"深懂诗酒的人"的饮酒。"暴殄者"的滥饮常是各怀心机的人聚合一处,"酒"不过是他们打探消息、勾兑关系的工具,"酒"的滋味无法得到缓慢且细致的享用,这种滥饮无疑在喻指功利主义至上的价值观。与之相对,"深懂诗酒"意味着诗人将饮酒和写诗视为同一件事情,好酒与好文字一样,都要远离尘嚣的污染并忍受经年的孤独,方才能达至精纯的境界,正如全诗最后一段所言:"娶一壶酒送给余生/送给两个礼貌清洁的字词/让它们珠联璧合,独守苦辛/在我的书房里回答弦歌雅意。"诗人也相信"唯有饮者留其名",但他想留下的不是没有原则的、烂醉如泥的形骸。

诗集中"酒"的出镜率极高,纵观下来,虽也有《娶酒三叠》这样以饮酒为名进行沉思的作品,但诗人似乎也不全然排斥聚饮之乐,一次次地将酒表述为友谊的对应物。以《冬至寄兄弟们的约酒函》为例,诗人向友人约酒,文字间豪气淋漓:"时间紧迫,马蹄踏冰而来/昨夜解冻的积雪今晨融化为酒/醉遍情义抵达的喜马拉雅//春秋送出的邮件/正在寄往南北。/南北的酒量,正在归于重庆。"诗人似乎想借饮酒的名义去重建日常生活的秩序,进而修复支离破碎的身心。聚饮,成为一次相互救赎的仪式。诗中的仪式感有一部分还来自题目中的"冬至",作为当代人的李海洲仿佛写下《九月九日忆山东兄弟》的王维,也在特定的时节制作特定的怀人文字,并借助诗句去想象一次现实中或难实现的相聚。"诗可以群"这一古老的诗教已在李海洲的饮酒诗中发出回响,当代诗也能将散落天涯的个体联结成和而不同的、有着相似现实感的社群。

再比如《新年钟声里给宿醉的兄弟》一诗,作者写道:"众生的酒杯醉了万水千山。""酒"是兄弟情谊的见证之物,也是重要的维系之物。但诗中的"酒"最终引向的不是痛快淋漓的贪欢,它成了审视自我与时代关系的介质。诗人笔下,聚饮成了"道德重负下的欢愉",

它无法根除一种深重的、内在于生活体验的耻辱感。即便宿醉，诗人仍忧心忡忡，让自己保持"众人皆醉我独醒"的情形，能感到有一种说不清甚或不可说的力量迫使他难以对聚饮全情投入。宴乐的时刻，反而使诗人想到包括自己在内的众生的时艰，随之而来便是巨大的空虚，以及混杂着无力和愧疚的悲伤心境，正如诗中所言："已经不能只是为自己活／已经不能用愤怒解决愤怒／你长叹一声，随波上了俗世的高铁。"诗人没有自欺欺人地借助酒精去回避生存的真相，而是意识到经由酒精也无法排解的痛感、耻感和孤独感，贪欢无益的同时也完成了心境上的蜕变。简言之，李海洲写饮者的欢愉和自制，更写饮者阅世时的慈悲和痛。超越世俗并不意味着空想个人的胜利，而是以一种更具危机意识的目光去洞察世俗的晦暗，捍卫世俗之中那些值得被长久热爱的部分。

3

李海洲诗中的怀旧源自对现状的疏离。令诗人备感遗憾的现状，除却语言遭遇的败坏，还包括了个体面对泛娱乐化话语与功利主义至上时的挫败感。这种感受难以被一般意义上的名利双收或"小确幸"所遮蔽，诗人觉察到自己的生活正在无可挽回地下坠，并因此产生逃离的念想。比如《湖边的圆木房子》一诗写道："你计划过的逃逸仿佛就要实现／流水当断则断，蜿蜒到从前。／有多少俗世应该舍弃，任其烟灭？／有多少归隐之心状如沙漏。"远离人类社会的尘嚣，诗人从寂静的自然事物中重获安宁，内心的积郁也逐渐随之缓解。但诗人也深知眼下的逃离是暂时的，诗中有种"应然"（难以脱身的工作和必须承担的责任）与"或然"（想象另一种别样的日子）之间的冲突、断裂，前者是时常引发苦闷和疲倦的日常状态，后者则是与灵魂世界更贴近的意外状态。倘若"或然"的意外之美，终归难以将个人从"应然"的日常中救赎，书写"湖边的圆木房子"还有什么必要吗？实际上，这种矛盾异常的情形正是李海洲笔下诗意的一个重要来源，诗人善于将日常的污浊作为动力，借此去追寻并凝固那些意外之美。这也恰是李海洲诗歌宅心仁厚的一面，即不以个人的绝望去否定人间的希望。因此，便不难理解他诗中的自然和人情为何总是流转于唯美的词汇。

上述作品中不乏深重到噬心程度的孤独感。在日本学者斯波六郎看来，"遭逢'忧愁''苦恼'——其根柢乃是'不安'，同时，当这种'不安'没法传递给任何人，只能是自己一个人的感受时，所谓'孤独'的感觉便会油然而生"[1]。这种孤独感如此致命，以至于阅读时不禁生出疑问：除了独享意外之美与分享饮者之乐，究竟还有哪些支撑性的力量能使诗中的自我（很大程度上也是诗外的自我）不至于毁灭？答案或许是生命中的知音，以及诗人所爱的重庆。对李海洲而言，被写入诗歌的知音既包含生活中没有实际交际、经由阅读而寻求到的文化英雄，也涵盖了在文化观念和价值底线上有共识的师友。前一种情形的代表作有《海子三十年祭》《伶人孟小冬的晚雪》等，后一类则有《观甘庭俭木刻寄鄢家发先生》《成都雨天的尚仲敏》《果园诗人在霜降时离开》等。《海子三十年祭》中，海子是少年时代的诗歌英雄，而他的意义对三十年后人到中年的诗人来说有增无减。海子仍激励着诗人，同时诗人也遗憾于海子代表的诗歌理想和文化抱负已应者寥寥；即便是当年与自己一起为海子激动过的诗友们，或许也有不少早已背离了当初的信念，一如诗中所言："你送给我的青春已经死去。/一

---

[1] [日]斯波六郎：《中国文学中的孤独感》，刘幸、李曌宇译，北京师范大学出版社2019年，第5页。

代人丧失的想象力，尘埃上的自由／是否是你还没写出的诗句。"海子之死不再仅是个事件，而是在持续地发问：若不选择弃世，将以怎样一种写作者的姿态活在当下？《伶人孟小冬的晚雪》一诗想象着京剧艺术家孟小冬的晚年生活："午后闭门，这静养的十年／梨园落着一夜一夜的雪。／伫离归宿的冬皇／撤出命运航线，敛住生活的冷／只是清高和孤傲没有卸妆／一直挂在风逝的额头。"诗人从孟小冬身上辨识出与孤独对抗的底气，那就是以卓越的艺术技艺为前提，并因此不轻言妥协。李海洲常在诗中去声援某种内心的骄傲，这类骄傲不是将自我封闭起来后的自洽，而是如海子与孟小冬那样，将与心灵世界对称的技艺发挥至极致后，对人间世态所发出的叹息和蔑视。

相较之下，为师友而作的诗中，李海洲投放了更多的私人记忆，既在写师友，又在追溯自我的某些部分是如何形成与发展的。《观甘庭俭木刻寄鄢家发先生》中，诗人追忆着20世纪90年代的诗歌江湖，这个江湖没有好勇斗狠，记忆里全是因诗歌而永恒的场面和瞬间，诗人写道："喧哗中对饮，我们旁若无人／偏激地谈诗，用怒吼面对世界"；"那时候成都闲散，诗意无边／我们谈过和写下的都还没有老去"。当李海洲去追忆师友的点点滴滴时，便也在怀念或已逝去的理想主义时代。他的诗中不时会在怀旧中发出叹息，看似洒脱的语感间也难掩颓丧。诗人对于现世的拒斥，并未较为轻易地呈现为对某些现象的不满和批判，而是源自变化引发的心绪。李海洲诗中的变化，既指世风的转移，又常常关涉着包括自己在内的一类人——这类人在青年时代，无不骄傲地追求着文学与艺术，自觉地践行着与主流价值体系有所疏离的生活观念；但在年龄、谋生、家庭、名利等多重因素的影响下，他们也都经历各自的变化。李海洲写他们，也是在写由饮食男女与诗酒才情共同构成的友谊。知交半零落，一代人的老去，以及某些终归难以外道却令人沮丧、羞愧的变化，成为李海洲诗中感伤气质的重要源头，就如《红橘遗枝记》一诗所言："深渊密集的日子，同伴纷纷逃离枝头 / 有的进入泥土遇见蛾蛹、蛇、蚯蚓 / 这潮湿的比邻，腐亡是大多数的命运。/ 有的登上画堂私舫，进入呵气成愁的唇 / 抵达我羡慕的美女肝肠。/ 只有你依旧孤悬枝头，大地茫茫 / 你困守的唯一亮色难道是饮鸩止渴？/ 这样寂寥的抵抗意义何在？/ 这最大的坚持依旧只是坚持着抵达灭亡。"

李海洲笔下的友人和友谊正是理想主义的纪念碑，有着立体的面貌和充沛的细节。对此，不妨以《回望九十年代》为例，诗中写道："修读完一夜《资本论》/ 天明了，开始温习《草叶集》/ 在马克思和惠特曼之间 / 革命的爱情曲径通幽。/ 一群人选择讨论粮食、饥饿和哲学 / 选择用昏黄的灯光 / 镶花边的信札、高粱白酒，/ 接待远方来客或者送走远方。/ 远方有多远？就是一首诗的距离。"上文曾论及李海洲与抒情传统之间的隐秘关系，而此处征引的诗句则显露了诗人创作观念中现代性的话语谱系。诗人追忆的20世纪90年代恰好也是他在阅读中逐步再造自我并开始写诗的青少年时期，被着重提及的马克思、惠特曼分别代表着革命性的思想与革命性的诗歌。这令人不禁遐想：李海洲诗中试图从一切禁锢里突围的浪漫激情，或许就来自早年间马克思与惠特曼的影响。除了思想与诗歌，"九十年代"的理想主义还在于充满生命力的情欲，以及志同道合之人的相识、相聚。经由怀旧被打捞出来的"九十年代"是没有时间去孤独的火热岁月，对此，李海洲动人地追忆道："新建的柏油路中间 / 是嫩柠檬的味道，是一群梦想者 / 乱步走到春风吹拂的下午 / 他们要和这个世界谈谈革命、诗篇 / 谈谈生活的意义。而生活的意义 / 就是今天要把所有的明天用完。"同时，诗人描绘了"九十年代"的开放和包容，看似"偏激"的氛围里，"唐朝、宋朝"与"瑞典、法兰西"从不会发生冲突。李海洲的怀旧之作"使回忆转变为艺术，把回忆演化进一定的形式内"，但"所有的回忆都会给人带来某种痛苦，这或者是因为被回忆的事件本身是令人痛苦的，或者是因为想到某些甜蜜的事已经一去不复返而感到痛苦"。①

除了写群像，李海洲也写以个人为主角的知音之诗。比如《成都雨天的尚仲敏》，开头两段写道："雨天有些暴动／他的爱情准备起义。／办公室的窗湿了武侯大街／他想睡懒觉，抱着美人"；"他的身体寂寥／内心空到可以塞进一个成都。／他藕断、丝乱，观察各色伞下／飘着的碎花裙和小腿／飘着的别人的怀抱"。追溯友人的风流逸事，写对方有点荒腔走板的行为，这是此诗的表面；诗的内核则是在慨叹一类人的骄傲，以及骄傲者在时过境迁后的挫败和寂寞。往日里为人赢得荣誉与爱情的诗歌，如今已隐没于各种泛娱乐化的话语中，成了孤独的志业与私密的欢愉。

生于20世纪70年代的李海洲，在渐入中年之境的过程中不得不面对一个残酷的现实，那就是时间的力量开始让衰老与死亡降临于身边的师友。一想到终将"访旧半为鬼"，岂能不令人神伤？诗人的怀旧情绪，以及他执念于往事中的旧识和知交，何尝又不是一种以文字去抵抗消逝的、迫在眉睫的行动？诗集里的怀人之作中，《果园诗人在霜降时离开》是明确悼念逝者的，以此纪念2021年在重庆去世的女诗人傅天琳。全诗有五段，第一段写"果园诗人"的久病和离世：似乎是为了最后再见证一下世界明媚的时刻，女诗人选择在"连日阴雨"过后"终于放晴"之际离世。诗人强调她的离世是"选择离开"，"选

---

① [美]宇文所安：《追忆：中国古典文学中的往事再现》，郑学勤译，生活·读书·新知三联书店2004年，第129页。

择"一词表明逝者并非被动接受死亡,而是主动面对死亡。"果园诗人"离世的当天恰逢霜降这一时令,但诗人强调那一天"阳光慈祥,前所未有",仿佛逝者的灵魂化作了温暖的太阳,继续庇护着她珍视的人间。第二段追溯了逝者的人生经历与"果园诗人"之名的来源,第三段则解释了第一段中"选择离开"的具体情形:"霜降那天,她手抚云鬟,一尘不染/用朝露清洗容颜和心脏/然后尊严地走上另一条路。"跃然纸上的,是一位勇于直视死亡、自始至终保持着意志和自尊的写作者形象。纪念的恰当方式之一或许是去记忆逝者生前最富包孕性的瞬间,具体到李海洲这里便是聚焦于"果园诗人"生命中的最后一刻,能感到他落笔时的敬重和肃穆,他也从逝者的"选择离开"和"体面离开"中学习着如何面对死亡。同时,李海洲想必信奉"文如其人"的古老教益,主张人格与诗格不可分割,所以"果园诗人"的离世也如第四段所言:"像写下另一组整洁的诗。/像句号,重新回到语法的开始。"除了学习如何面对死亡,诗人精确地在最后一段揭示了"果园诗人"作品的精神内核:"幸福地活着"、"整理"好个人的园地,以及"热爱"自己的安身立命之所。

4

《果园诗人在霜降时离开》是一首哀而不伤的挽歌。挽歌最初是古代的哀祭文体,其原始形式至迟在春秋晚期就已出现,源头或是人们的悲哭之音和呜咽哭诉,以表达对死者的怀念,抒发生者的痛苦。这种在先秦时代就已出现的挽歌,到了汉代被官方认定为"送终之礼"。正式以"挽歌"二字命名诗歌,始于魏晋,从现存文献看,是三国时期魏国的缪袭所作的《挽歌》。作为一种诗歌形式的挽歌,"逐渐远离或虚化挽歌原来的应用功能,成为寄托自己情思的体式。它们不是对于某一特定死者的哀挽,而是对于整个人生与命运的叹息"[1]。也就是说,挽歌终归从对具体逝者的纪念与哀悼,转变为对普遍性消逝的感叹;从一种富于仪式感的合唱,到转变为一种自我与他者(国,史,以及无名的更多人)、自我与自我(生死爱欲)相对之际的独吟;从一种哭泣的替代形式,转变为一种默哀的心灵档案。西方的文学中亦有一种可被称为哀歌或挽歌的文体(Elegy)。它在不同时期、不同语言中,有着各自的形式定义,但在内容上确有共同性:以变故与失去为主题,缅怀具体的亡者,抑或通过书写世俗生活中稍纵即逝的事物,慨叹人世沧桑与人类无法绕过的死亡问题,哀叹世间万物生命的短暂。[2] 在主题上,中西文学传统中的挽歌有意涵相通之处,它不仅是诗歌形式,亦是一种承载记忆的方式。诗集《明月陪》不乏挽歌,除悼念逝者外,更多的则是以诗的形式去承载有关重庆的记忆。其中代表作是《下浩街的最后时光》《重返观音桥》与《山城雪事》。

《下浩街的最后时光》写重庆的一条"老街"。如城市化进程中无数条被宣称过时的街巷那样,下浩街也难逃拆改的命运,这令诗人黯然,他温柔地列举着那些能代表"老街"旧日烟火气的事物:"左邻的狗给右舍的猫梳妆/豆花鲫鱼和玫瑰糕泪眼相望。"一种看似老派、实则充满人情味的社会结构模式会随着旧街巷的改造不复存在。费孝通曾在《乡土中国》中界定了"熟人社会":"乡土社会在地方性的限制下成了生于斯、死于斯的社会。常态的生活是终老是乡。假如在一个村子里的人都是这样的话,在人和人的关系上也就发生了一

---

[1] 吴承学:《汉魏六朝挽歌考》《文学评论》,2002年第3期。
[2] [美]M.H.艾布拉姆斯:《文学术语词典》,北京大学出版社2009年,第145页。

种特色，每个孩子都是在人家眼中看着长大的，在孩子眼里周围的人也是从小就看惯的。这是一个'熟悉'的社会，没有陌生人的社会。"①相较而言，以城市为中心的现代社会则由陌生人组成。需要指出的是，1949年后中国的城市并非完全意义上的"陌生人社会"。由于工业、行政等因素，在城市中会因人为的规划而形成"工人村""大院""老街"等相对集中和封闭的小社区群落。仅就其中单独某个小社区而言，可能的情形是：父母一辈在同个单位工作、子女一辈在同个学校学习，依此往复流传，逐渐发展出人际关系较为稳定的"熟人社会"。当下，某些人会怀念旧日亲近的邻里气息，也是基于对包括"老街"在内的城市小社区的记忆。20世纪90年代以来的市场化重构了社会的经济关系，此前的社区生态逐渐被商品小区构成的新生态所取代。据此重审《下浩街的最后时光》一诗，作为挽歌的它也在纪念一种邻里相闻的小社区及其代表的生活哲学。失去"老街"的城市会变成人情隔绝的冷漠空间吗？代替"老街"的新区和高楼是否成了城市人的牢笼？在纪念的叹息声中，诗人也在追问着这些问题。同时，诗人在怀旧中仍试图保持理性的思辨和克制，他用提问的方式分析着"老街"拆改背后的社会运行逻辑："推土机的齿轮/就要让时代入土为安，或者化蝶成茧。/什么是茧？是自缚的经济？/还是伪文艺的扮相？或者是清凉的记忆里/街檐两边小雨敲窗的咳嗽。"

近年来，随着短视频平台等新媒介的兴起，重庆成为不折不扣的网红城市。假日里旅客纷至沓来，增加了人气，促升了经济；但是，重庆的面貌也逐渐被简化成几个网红打卡点与几道激辣的美食。这样

---

① 费孝通：《费孝通全集·第六卷（1948–1949）》，内蒙古人民出版社2009年版，第111页。

的语境下，李海洲的城市挽歌有了更重要的意义。诗人书写一个人的重庆，正是在写城市与个体之间鲜活而真切的联系，写城市如何形塑个人，而无数的城市人又如何将各自具体的品性汇聚为城市的品格。像在《下浩街的最后时光》中，城市的角落里充满了"临窗剪纸的小爱人"的"迷惘的心事"，而"落叶覆盖的门扉前"尽是老人们的回忆。换言之，城市空间的每个层次都承载着个人具体的生命历程，一味地拆改"下浩街"这样的地方无异于是在删汰某些城市人的生活印记。因此，诗人才沉痛地声称"内心的吊脚楼"终将成为"殉道者的墓碑"。李海洲的城市挽歌在声援多样化的生存形态时，也在捍卫个人的记忆，如《重返观音桥》一诗所示："那薄雾中消失的回忆值得酩酊／那薄涂的诗篇崛起瘦金体的繁花。／爱人们热恋的消息／正在从往事的彼岸传来。"真倒是触景生情，而残酷的现实是缺乏制约的发展主义逻辑和商品社会原则正在剥离个人与城市的情感联系。当然，挽歌若要动人，就必须写出被记忆的对象值得被怀恋的缘由。对于重庆，诗人怀恋它的缘由之一是城市本身的美，这便是《山城雪事》的主题：雪落在南方的山城，像奇迹降临；重庆被赋予别样的光晕，置身其中，"如果不寻欢作乐是有罪的"。

　　李海洲书写一个人的重庆，这座城市充满了他的记忆和骄傲，同时也安放着他的孤独和热爱。